U0045732
新妹魔王的契約者
THE TESTAMENT OF SISTER NEW DEVIL
4
Kadokawa Fantastic N

瀧川八尋
（拉斯）
表面上是刃更的同班同學，實際上卻是監視澪的魔族。
成瀨澪
前任魔王的女兒，刃更的新「妹妹」。
東城刃更
是澪和萬理亞的「哥哥」，能使用異能「無次元的執行」。
成瀨萬理亜
是慫恿刃更和澪締下主從契約的「小妹」，也是蘿莉色夢魔。
東城迅
刃更的父親，前最強勇者。

梶浦立華
聖坂學園的二年級生。個性嚴肅，現任學生會副會長。
野中柚希
勇者一族少女，喜歡青梅竹馬刃更。
坂崎守
刃更等人的班導師，對學生照顧有加，深受學生信賴。
橘七緒
與刃更是同年級的同學。有張美少女的臉孔，卻是個標準的男孩子。
長谷川千里
刃更就讀學校的保健室美女老師。

「老師……？」

「乖乖不要動……我也用胸部
這一邊，
幫你洗乾淨。」

「我要一點殘渣也不剩地
徹底消滅你。」

「——就連那個禁忌、
褻瀆的『三族混血』也一樣。」

新妹魔王的契約者
The Testament of Sister New Devil
4
上栖綴人
插畫○大熊猫介
Kadokawa Fantastic Novels

彩頁／內文插畫　大熊貓介

The Testament of Sister New Devil

ConTeNts

即使沒有報償、無法如願也無所謂。

我仍會伸出我的——……

1 序曲 交錯的大戰雙雄

魔王雷歐哈特。

於前任魔王威爾貝特死後，君臨魔界頂點的年輕新王。

屬於穩健派的威爾貝特雖有魔界最強之譽，卻在前次大戰中甘願撤離人界，選擇安穩生活。大戰終結十六年後——忠於本能，渴望對諸神復仇的保守派或激進派系的魔族們，仍對他懷有強烈不滿。

——直至距今約一年前威爾貝特死亡，魔界情勢因此產生巨大動盪。

受威爾貝特感召而築起龐大勢力的穩健派急速崩解，激進派和保守派反而聲勢大漲。

最後——兩派合併為新勢力後推舉出的新魔王，就是雷歐哈特。

他那自古就出了眾多魔王的公爵家直系血脈，以及他在前次大戰的勇猛表現，是他勝選的原因。當時雷歐哈特不同於位居後方掌控大局的魔王威爾貝特，親率精銳部隊在最前線奮戰，立下卓越戰功。雖然前線還有另一位魔族和他一樣戰績彪炳，但那位魔族卻在大戰途中失去音訊，於是戰爭英雄的榮譽只歸於雷歐哈特一個——就是這樣的榮譽使他獲得激進派和保守派的支持，即位為新任魔王。然而雷歐哈特十分年輕，又接任於譽為最強魔王的威爾貝特之後，威嚴稍嫌不足；所以在象徵權威的王宮上，特地選了個魔界現存最巨大莊嚴的城堡供他使用。

——但現在，雷歐哈特的王宮卻發生了激烈震盪。這不是比喻——發生於王座廳的可怕衝擊，如字面般震盪了整座王宮，緊接著——

「————」

雷歐哈特從衝擊轟穿的牆跳出王宮，在中庭輕巧落地並向上望去，只見一道身影也跟著他跳出毀壞的牆垣。那外套衣襬受空氣阻力而大幅翻飛，高舉巨劍向他劈來的，就是參與前次大戰的勇者一族中，人稱「戰神」的最強男子。

東城迅。

雷歐哈特立即高揮手上魔劍，抵擋迅的斬擊——「喀鏗————————！」金屬撞擊聲瞬時迸響。因這強力對斬而尋求宣洩的力量，激起濺往四面八方的轟聲和衝擊，頓時震毀中庭地面和噴水池等設施。當下——

「喝啊啊啊啊啊啊啊啊啊啊啊！」

序曲
交錯的大戰雙雄

雷歐哈特奮力揮舞魔劍，讓迅「喔！」地一聲迅速退開，向後一個翻身著地，扭扭舉著巨劍的右肩苦笑著說：

「啊～果然鈍了一點……實際動作和意想中不太一樣呢。」

還用劍脊在肩上拍了拍。這時——

「——雷歐哈特陛下！」

「陛下沒事吧！」

禁衛兵急忙趕到與迅對峙的雷歐哈特身旁，舉起武器發動魔法，準備向迅進攻。

「退下——你們不是他的對手。」

但全被雷歐哈特的冷靜判斷給制住了。守衛王座廳的菁英部隊都被他全數擊昏，普通士兵想和他交手，輕則遭到反擊而無法再戰，重則白費性命。不過迅瞥了瞥周圍——

「——是嗎？除了你以外，這附近好像還有好幾個狠角色呢……」

彷彿看穿情勢般這麼說。

……連感覺都這麼敏銳，真是棘手。

現在，巴爾弗雷亞等雷歐哈特信賴的臣子，正在周圍的普通士兵背後或建築物隱蔽處待命，隨時都能和迅拚鬥。接著——

「（雷歐哈特陛下——請問該如何是好？）」

巴爾弗雷亞以傳心魔法詢問指示。

「（……你們也別動手，這傢伙我一個人來對付。）」

而雷歐哈特同樣要求臣子們待命，因為這是個難得的機會。

——畢竟他是過去人稱最強勇者的東城迅。

這一年來——擁立年輕的雷歐哈特、欲培養一個聽話的傀儡來滿足自身利益或慾望的老賊，已經被雷歐哈特自己剷除了一部分，但還有不少像佐基爾那樣的奸臣；若能在此獨力逼退迅，或許能讓樞機院剩下的那幾支眼中釘安分一點。

可是……

不知是同情還是俠義心腸使然——迅為成瀨澪與其屬下萬理亞張開保護傘，並讓她們和兒子東城迅在自己家裡一同生活等現況，雷歐哈特已從負責監視的拉斯報告中知道不少，不知的是——

「……你是為了保護兒子和威爾貝特的女兒，才直接來找我算帳嗎，迅．東城？」

「錯了，我才沒那個意思。我來魔界是為了親眼看看威爾貝特死後的變化，會到你那裡去坐坐，完全只是順便而已……好啦，是有一點警告你們不要沒事找人欺負我兒子他們的意思在。」

即使說話，迅的眼睛也緊盯著雷歐哈特。

序曲

交錯的大戰雙雄

「我還以為一接了威爾貝特的位子，就想對不情願也得繼承他力量的獨生女——一個不知道自己身上流著魔王的血，像普通人一樣長大的女孩動手動腳的新魔王，一定會是個耍得一手好心機的狗雜碎……想不到，竟然是個頗具俠氣的青年好漢啊？」

「——閉嘴。」

雷歐哈特衝向苦笑的迅，他在壓低身勢的瞬間蹬足加速，一轉眼就到達極速，朝迅連斬而去。

——大戰時，有不少勇者一族就是喪命在這雷歐哈特風暴般的劍勢之下。

然而他的每一擊都被迅的巨劍架開，更驚人的是，迅接劍的動作遠遠稱不上劍術——單純只是藉反射神經和力量隨意地揮舞那把巨劍就化解了雷歐哈特的凌厲劍勢，擊出無數劇烈的擊劍聲。

「有這種本事，的確是可能這麼年輕就坐上魔王寶座……而且你還有一雙好眼睛。嗯……看樣子，畜生是另有其人囉。」

迅露出看透實情似的笑容。就算是勇者一族，到底還是人類——一般來說身體條件比魔族弱了好幾階；且就人類壽命而言，他早就過了體力巔峰期的年紀。

可是迅的體能卻相當於現任魔王，甚至更好。

……太誇張了……這就是迅．東城嗎？

厲害——戰神之名果然當之無愧。雖然持續到十六年前的前次大戰中，雷歐哈特未曾有機會和迅交手——

……既然他有這樣的力量。

和雷歐哈特戰功相當的高階魔族會在那場大戰中突然失蹤，很可能如傳言所說，真的是因為遇上了迅。這十六年來，雷歐哈特不停鑽研更高深的武藝，但恐怕現在的迅仍和他相去無幾。

大戰結束後——不，就連在大戰之中，也沒遇過這種對手。

「————那又怎樣！」

雷歐哈特放出速度和角度都比之前凌厲數級的橫斬，激出不同於之前的金屬聲。雷歐哈特的魔劍，斬斷了迅的巨劍。

「喔喔——！」

雷歐哈特對訝異得睜大了眼的迅回身再斬，卻被他後蹬躲開。接著，迅看著雷歐哈特手上魔劍冉冉而升的黑色氣場，「嘿～」地讚嘆後扔下斷折的巨劍。

「我是知道那不會是普通的魔劍啦……不過嘛，該說不愧是魔王的武器嗎？」

「就是這樣——你可別怪我啊。」

雷歐哈特的魔劍洛基，是魔界已知現存魔劍中最強層級的一把。既然戰鬥力相當，勝敗

序　曲
交錯的大戰雙雄

就決定在武器的優劣上。

「——吞噬他，洛基。」

因此雷歐哈特如此輕聲低喚——

「——」

手上魔劍也呼應似的散發黑光。以打倒前最強勇者的功績而獲得的凝聚力和影響力來考量，就算要賠上這整座城也值得。

所以——雷歐哈特釋放了魔劍洛基增幅至極限的暗黑波動。

——巨響之中，使大氣渦漩、空間歪曲的黑色奔流從那巨大劍身狂湧而出。

那是能將迅生吞活剝，無論是肉體或靈子都不留一點殘跡地徹底消滅的一擊。

勝負已決——原該是這樣的。可是，魔王雷歐哈特卻見到難以置信的景象。

東城迅在遭到暗黑波動吞噬前，露出了不遜的笑容，緊接著——

「喔喔喔喔喔喔喔喔喔喔喔喔喔喔喔喔喔喔喔喔喔喔喔喔喔喔喔喔喔喔喔喔喔喔喔喔喔喔！」

咆哮聚氣的迅全身湧現綠色氣場，並往其右拳集中。

並就此動作誇張、使盡蠻力似的將他的右拳搗向雷歐哈特的暗黑波動，產生撼動大氣的重低音——以及將暗黑波動彈回雷歐哈特的現實。面對速度加倍地彈回的暗黑波動——

「——」

雷歐哈特當機立斷，將魔劍洛基往右上方掃去。

將劍身斬入那暗黑波動，並強行斬出。

下一刻——發生了震搖大地的轟聲和衝擊。

遭到強行偏折的暗黑波動，完全轟散了王宮南側的巨大城牆。

爆炸衝擊使中庭空氣如沙暴般狂亂，到處充斥著混亂和嚎叫。這時——

……好了，這樣就差不多了吧。

東城迅確信自己已達成此行目的。

——無論是雷歐哈特自己有多少野心，抑或是其周圍有多少充滿陰黑慾望的邪念，都不會改變目前現任魔王派勢力持續擴大，總有一天會消滅穩健派的局勢。

為阻止這點最有效的，就是動搖魔族對新任魔王的實力或感召力的信賴，使屬下對他產生懷疑，所以迅才會選在充滿普通士兵圍觀的中庭對戰雷歐哈特。剛才雷歐哈特那一擊，應該也帶有向周圍展示力量的意味——卻遭到迅的反擊。

迅不僅完全彈回了雷歐哈特的攻擊，並且讓王城部分魔族見識到威脅的存在。

這樣就能嚇阻現任魔王派高層，在下層心中製造懷疑或不安。

序曲
交錯的大戰雙雄

……希望這多少能嚇嚇他們。

當這樣想的東城迅就要隱遁而去時——他忽然看見某個東西。

「————！」

下個瞬間，他迅雷般地動身了。

在爆炸衝擊的餘波造成的混亂漩渦中——魔王雷歐哈特親眼見到了那個畫面。

迅瞬時竄過中庭，衝進不斷崩落的瓦礫之中。

……想趁亂逃走嗎？

城牆後就是懸崖，底下是護城河。從那裡跳下去，水能夠緩和墜落衝擊，平安無事的機率很高；但崩落的大量瓦礫中，有不少巨大的城牆殘塊。憑迅的能力，要翻越其他方位的完好城牆也十分輕鬆，為何要多此一舉——就在雷歐哈特不禁皺眉時，他看見了。

躍入空中的迅，向某個隨瓦礫墜落的矮小身軀伸出了手——並將他抱進懷裡。從那身輕型甲冑來看，應是城牆上的衛兵。然而看樣子，他只是遭到雷歐哈特的攻擊波及，敵對的迅沒有必要幫助他。可是——

……那是？

迅所抱的，明顯是個孩子。這讓雷歐哈特想起，王宮裡有個年紀雖小，卻因為實力獲得高度評價而受錄用的少年兵。

年紀雖小，他還是個魔族，實力評價又高，區區一個護城河是摔不死他的。

不過——假如他被墜落的大量瓦礫或爆炸衝擊擊昏，就很可能因落水而溺死——所以，空中的迅立即採取行動。

「喔喔喔喔喔喔喔喔喔喔喔啊啊啊啊啊啊——！」

迅在抱著少年兵的狀態下，往正上方起腳高踢。

從正上方落下的城牆巨大殘塊就此爆成碎屑。在近似爆炸的劇烈破碎聲迴響中，雷歐哈特與視線的遙遠彼端——仍在空中的迅對上了眼。

「————」

雷歐哈特眼中的迅，臉上浮現出勝利者般的笑容——並帶著這樣的表情，與大量瓦礫一起墜落崖下。

「——要追過去嗎，雷歐哈特陛下？」

見狀，巴爾弗雷亞在一旁現身並如此詢問。

「……不了，沒那種必要。和那傢伙交手只會白費力氣。」

但雷歐哈特搖搖頭，只是指示巴爾弗雷亞檢查衛兵受傷情況和清除瓦礫等。

最後朝迅和少年兵落下的位置再瞥一眼，就轉身返回宮中。

2

成瀨澪在夜半醒來。

因為這晚的夢，內容實在過於刺激。

「……討厭，我怎麼會作這種夢……！」

讓澪不由得羞得滿臉通紅。棉被底下，有團難以置信的熱；因夢境而火燙的身軀，正散發著令人幾乎顫抖的甘甜熱氣。不過，這不是她所能控制的，因為她在夢裡遭遇了會使她如此發燙的事——對象是她的主人，東城刃更。

——那場夢，是對戰佐基爾後，在刃更房間被他強吻的後續。

夢中的澪，在刃更房間床上被迫接受銷魂快感，劇烈高潮連續不斷——可是，那是澪早有經驗的事，真正讓她害羞的是——

……而且還和柚希、萬理亞、潔絲特和雪菈她們一起……！

光是刃更一個就足以讓澪屈服了，柚希她們還來湊熱鬧。打著赤膊的刃更，和身穿淫褻內衣的其餘四人，將澪身上衣物一件件除去，恣意地玩弄她的胸、臀、大腿等私密部位。異常劇烈的快感，使澪失控到不可思議的地步——在連連高潮中「哥哥！哥哥！」地不停喊著刃更。

最後，在內褲就要被扯下時，澪睜開了眼睛。假如沒有醒來，自己究竟會如何呢？一想到夢的後續——

「！——呼啊啊啊啊啊啊啊啊！呃……怎、怎麼會……！」

忽然來自左胸的甘甜酥麻讓澪急忙掀起棉被一看——發現萬理亞不知何時鑽進棉被底下依著她睡，還嬰孩似的吸吮著她的左胸。竟能毫不讓人察覺地解開睡衣鈕釦，該說她不愧是個淫魔嗎？

逮到害她做那種夢的凶手後，澪默默舉手準備賞她一拳。

「…………媽媽。」

「…………………」

萬理亞的嘴卻在這時放開澪的胸部，喃喃夢囈。於是——

澪輕聲嘆息，並小心翼翼不吵醒萬理亞地下床，然後扣好睡衣、為萬理亞蓋好棉被後悄悄離開房間。

——她的腳步，往一樓浴室走去。作了糟糕的夢，讓她流了些汗。來到一樓時，澪看見

序　曲
交錯的大戰雙雄

有些光線從更衣間門底下透到走廊上。是誰忘了關燈嗎？這麼想的澪打開了門，發現有人在更衣間裡。只纏條浴巾站在門後的，是有種透明美的少女——野中柚希。應該是剛洗完澡吧，頭髮仍濕答答的，身上還有縷縷蒸氣。

「…………拜託喔。」

見到柚希，澪不太高興地這麼說。她不是為了她半夜洗澡而生氣，畢竟自己也是為洗澡而來的，問題在於——

「洗澡的時候，至少該鎖個門吧？」

對戰佐基爾後——刃更可能是因為在自己房間強吻了睡不著的澪而受了點打擊，再也不敢相信自己的理性，隔天就在東城家更衣間門裝了鎖。這樣就能避免萬理亞或柚希在刃更洗澡時闖進浴室，或避免刃更在澪她們洗澡時誤闖。

結果，柚希不只沒鎖門，連表示內有女生的「入浴中」牌子也沒掛。

「幸好進來的是我，如果是刃更怎麼辦啊？」

「如果是刃更，讓他看也沒關係……或者說，我還比較希望是他呢。」

柚希顯得有些失望地說。

「——我們好久沒有一起洗了，怎麼不是他呢。」

「我們不是四天前才跟他洗過嗎！」

與佐基爾對戰，還只是三天前的事呢。這時柚希當著無奈嘆息的澪的面解開浴巾打的結，將手伸向裝著衣物的籃子——

「妳先等一下。」

「……現在又是怎樣？」

澪忍不住制止手上拿著某件T恤的柚希，對方卻不知自己做錯什麼似的反問。

「妳為什麼要從裝髒衣服的籃子裡，把刃更今天穿過的T恤拿出來啊？」

「我剛出浴室，不趕快穿衣服會著涼。」

「那就穿自己的衣服嘛！妳是沒有別的能穿喔？」

「…………好吧。」

柚希遺憾地回答。

「這件刃更的襯衫分妳穿。」

「我又不是要妳分我一件！」

澪從柚希手中一把搶過刃更的換洗衣物，砸回洗衣籃裡；接著脫下只有上身的睡衣，兩腳接連褪去內褲，也將它們都扔進洗衣籃。

「如果妳說什麼都要穿刃更的衣服——至少先得到他的同意再來！哼！」

澪這麼說完就開門進了浴室。

序曲
交錯的大戰雙雄

「受不了……」

澪先淋浴沖光全身汗水，再檢查浴缸水溫。幸好之前柚希出浴時沒忘了重新加溫，水溫依然舒適，澪就這麼整個人坐進浴缸。

當澪全身放鬆吐口氣時——

……啊，她該不會是……

難道柚希會在這三更半夜跑來洗澡，是和自己一樣睡出了一身汗——作了一樣的夢嗎？澪這麼想的瞬間——

「嗯……！」

忽然在浴缸裡感到一股舒爽的寒意，全身為之一顫。剛那場夢的內容，以及夢中刃更等人為她灌注的快感，都在那一刻鮮明地跳回她的腦海裡。

……那種夢，應該不需要成真吧……？

會顯得不太有自信，是因為澪在催淫詛咒發動時，甜蜜的熱度總會將她的意識熏得迷迷濛濛，理性和羞恥心都被刃更給予的快感所蒙蔽，使她分不清自己是處於現實還是夢境——所以，就算哪天夢境成真也不奇怪。

然而，成瀨澪卻否定了這樣的可能性——因為，在對戰佐基爾後收留的潔絲特和萬理亞的母親雪菈已經離開東城家，回魔界去了。

「…………………」

離開浴缸後，澪一面清洗身體，一面回想那天的經過。

兩天前——對戰佐基爾後一天，澪等人很快就連絡上了穩健派魔族。

到了昨天，來到東城家接回潔絲特和雪菈的，除了自稱受命於萬理亞姊姊的女性魔族外，還有一名隨行——瀧川八尋。

……拉斯，是吧。

澪和柚希就是在那時候，聽瀧川本人解釋了他的身分。她們能較為鎮靜地接受這個事實，是因為刃更事先就告訴過她們瀧川其實是魔族，以及他們暗中合作等。

可是……

來接潔絲特和雪菈的女性魔族，和澪、刃更及柚希三個發生了一點小爭執。就算是為了保護母親，萬理亞還是選擇背叛了澪這個前任魔王之女和穩健派，所以要眾人交出萬理亞。

澪等人當然堅決拒絕，女性魔族也以「這是上級命令」為由無意退讓——最後化解那一觸即發的狀況的，是萬理亞的母親雪菈。

……真是厲害。

事情被她一個極具魄力的笑容就搞定了。儘管雪菈外表看起來比萬理亞還幼小，但她一說這次自己只和潔絲特一起回去，女性魔族就勉為其難地讓了步，表示會再請示穩健派首領

——前任魔王威爾貝特的兄長拉姆薩斯的判斷。

另外——潔絲特對返回魔界後，以類似證人保護的形式協助穩健派一事並無異議，就這麼順從地被女性魔族帶走了。不過，潔絲特來到這個家到接回魔界的短短幾天內，對刃更是百依百順——明明沒結主從契約，也彷彿將刃更當成了新的主人一樣。

潔絲特不但是美人，身材也是一流的，還具有澪和柚希所沒有的成熟魅力；而且，刃更在潔絲特臨走前說：「要是怎麼了，隨時歡迎妳回來這個家。」那時她凝視著刃更感動到眼眶泛淚，要是放著不管，說不定會當場擁吻起來，如果真的住在一起準沒好事。

可是——說到成熟魅力，還有個更近的威脅。

……想不到長大成人的萬理亞會那麼漂亮……

澪是在對戰佐基爾途中見到了萬理亞變身為成體的模樣，卻一時想不到那麼美的人物就是萬理亞。最近刃更愈來愈容易失去理智，假如被那樣的萬理亞逼急了，哪天出了什麼差錯也不奇怪。話雖如此，要變身成那個樣子需要消耗不少力量，短時間內應該沒機會就是了。

「真是危機四伏啊，受不了……」

洗完全身後，澪沖去泡沫就離開浴室。已不見柚希身影的更衣間裡，澪從浴巾櫃上抽條浴巾裹住身體，然後——

「……………………」

不經意地往洗衣籃看了一眼，結果刃更那件T恤還是不見了。

「那個笨蛋……！」

看來柚希是真的去問刃更了。那麼，自己也不能在這裡蘑菇。三更半夜進刃更房間，無論她是只圍一條浴巾還是穿著刃更的T恤，都不知道會發生什麼事。

但對柚希燃起競爭心理的同時，成瀨澪也得到放心的感覺。那是因為──

……嫉妒柚希不會怎樣真是太好了。

對於一對主人不安好心就會發動詛咒的主從契約魔法而言，基本上連「嫉妒」都不允許；可是兩人現在都和同一個主人結了主從契約，不會再像過去那樣，一嫉妒柚希就觸發詛咒。見到自己以外的其他屬下受到主人稱讚或寵愛而不羨慕嫉妒的，可說是少之又少；但若一有這樣的嫉妒就會觸動詛咒，那麼擁有兩名以上屬下，必然會使得彼此信賴關係更難加深，多名屬下反而會互扯主人後腿。因此，像這樣為了加深主從關係而誕生的魔法，自然也考慮到要避免這個問題。

不過，就算不會觸發詛咒，也不能讓柚希隨意亂來。

於是澪急著想追上柚希──卻在這時突然停下動作。因為她發現，刃更的襯衫還在洗衣籃裡。

「……………！」

序　曲
交錯的大戰雙雄

澪「咕」地吞吞口水。想到柚希已經帶走了刃更的T恤，澪便解開圍在身上的浴巾，將刃更的襯衫輕輕往胸口抱，結果——

……討、討厭……為什麼只是抱刃更的襯衫就這麼舒服啊……？

她和柚希不同，是偷偷取用刃更的待洗衣物，勾起對刃更的一絲絲罪惡感。這使得詛咒也淺淺地發動，讓澪從刃更襯衫的摩擦中得到快感。

呼吸和心跳加速的澪，不禁穿上了刃更的襯衫。當澪的下半身因高漲的快感而下意識地扭動，企圖以全身感受刃更時——

「——澪大人～您在這裡嗎～？」

更衣間的門突然打開了。下個瞬間，視線相互交錯的澪和萬理亞——

「——————」

同時僵在原地。柚希是從更衣間離開的，門自然沒上鎖。現在才發現這個失誤的澪腦中頓時一片空白——

「………………呵。」

萬理亞則是露出的慈藹得莫名其妙的笑容，「喀嚓」一聲關上了門。

緊接著——門後傳來一陣歡呼和大步衝上樓梯的腳步聲。

「怎、怎麼啦……！」

全力衝上樓的腳步聲讓東城刃更嚇得提心吊膽。他不是剛從睡夢中醒來，因為只裹了條浴巾的柚希不久前才為了求刃更讓她穿刃更的T恤而叫醒他。當時睡意尚濃的刃更不知所以地恍惚點頭後，柚希就想直接解開浴巾換穿T恤，讓刃更拚了命地制止她，請她回房。就在不知這次又發生什麼事的刃更緊張地擺起防禦架勢時，他聽見門後──走廊上傳來：

「刃更哥刃更哥！聽我說啊，刃更哥！澪大人剛剛作春夢，還爽得一直咿咿啊啊地鬼叫喔！後來她不知道什麼時候下了床，好像要去浴室沖掉身上那些色色的汗，結果在更衣間做了很不得了的事耶！澪大人她啊，剛洗完澡出來就拿刃更哥要洗的噗嘎嚕啊吥！……………………………………………………」

「呃……喂，妳怎麼啦，萬理亞……？」

刃更為這突然造訪的安靜下床時，門後有人慌慌張張地回答：

「沒、沒事啦，刃更。萬理亞也真是的，好像是做了怪夢，還整個人都睡傻了呢。」

「呃，可是……我好像還聽見某種怪怪的悶響──」

「是不是你聽錯啦？話說明天還要上課，不可以太晚睡，我也要回房間了──萬理亞也需要睡一場好覺，否則又要睡迷糊了。」

序　曲
交錯的大戰雙雄

晚安囉——澪留下這些話後，腳步聲就隨著「沙……沙……」的重物拖行聲遠去。

儘管好奇門後究竟是什麼樣子，可是「滴答……滴答……」的滴水聲造成些許恐怖片的氛圍，讓刃更不敢胡亂開門。

萬理亞常會亂開玩笑，澪也很習慣教訓她了。

「這個嘛……應、應該沒事吧……？」

可別讓人早上開門時——看見走廊是一片血海喔？

第1章 做能為你做的事

1

今天聖坂學園校舍內，有個人口密度頗高的空間。

那就是放學後，仍充斥著活潑嘈雜氣氛的視聽教室。

——現在，這間視聽教室裡，聚集了一群身負任務的人。

運動會將在下個月舉行——而他們就是運動會的執行委員。置於黑板前的折疊式長桌邊，則是坐了一排在暑假前就著手準備這場盛會的學生會成員，正將手上資料作分類，要交給第一次參加委員會的同學們。在委員會即將開始時——

「話說，男生的比例也太誇張了吧……」

坐在左前方座位的東城刃更，聽見前排座位傳來如此的感嘆。

騎馬般反坐課椅、望著刃更背後——教室後側這麼說的，是和他同班的相川志保。接著，相川鄰座的榊千佳也點頭同意。

第①章
做能為你做的事

「嗯……果然有她們兩個在就會變這樣。」

說完，她們的視線轉向刃更——正確而言，是刃更的左右兩側。

這讓視聽教室發生這狀況的原因們說話了：

「想太多，又不一定是因為我們兩個。」

「大概，沒有太大的關係。」

如此淡然回答的，是兩名深受聖坂學園部分男學生愛慕而稱作「公主」的少女——成瀨澪和野中柚希。不過，她們的話實在缺乏說服力；儘管會想趁這類活動大玩一場的大多是男性，但比例差距實在是太懸殊了。

——事情的開端，是起於刃更、澪和柚希自願擔任一年B班的執行委員。

原本，執行委員的人選早在前天的大班會上就該決定，可是沒人願意。導師坂崎為尊重學生個人意願，拖延到要召開第一次委員會的今早決定，但依然沒有定論。於是刃更幾個就當這是個機會，一起舉了手。

因為他在家裡已經針對運動會，和澪跟柚希作了番討論。

事情其實應該在這裡就結束的，想不到竟就此引發「我也要！」「那我也要」的風暴。

最後坂崎看不下去，將人數壓到五人，抽籤決定。

於是——最後決定的，是東城刃更、成瀨澪、野中柚希、相川志保、榊千佳等五人。雖有人抗議這男女比例有問題，可是抽籤過程相當公平，故遭坂崎駁回，執行委員成員就此確定。不過——

……消息也傳得太快了吧。

不知是透過手機通訊軟體還是社群網站，恐怕在這短短幾小時裡，澪和柚希成為運動會執行委員就傳遍學校了。這時，相川賊笑著說：

「東城啊，你看後面一下嘛。」

「……饒了我吧。從剛剛開始，那些視線就燒得我的後腦杓快禿了。」

現在我的後腦杓，對男性視線的敏感度保證比女生的胸部還要高，這可是稍微牽涉到我的生命安全啊。刃更打從心底疲倦地這麼說。

「啊哈哈，東城同學好辛苦喔……」

聽了榊垂著眉梢溫柔安慰，刃更回以一嘆。

——刃更能像這樣和榊跟相川近距離對話，是從這幾天開始的。

因佐基爾的計畫而精神遭到操控的相川和榊，都不記得當時發生的任何事。

但部分記憶模糊不清使她們相當不安，隔天就請恢復正常當時在她們眼前的柚希，說明那段空白。雙方對話的機會必然會因此增加，和澪交好的相川和榊，就這麼和柚希縮短了距離。

第1章 做能為你做的事

不過柚希本來話就不多，像現在澪幾個有說有笑，她卻只是自顧自地看書。而相川和榊也很清楚柚希的個性就是這樣，並不覺得氣氛有哪裡不對，繼續和澪聊天。不久，和澪跟柚希同居的刃更，也自然而然地開始和相川跟榊有所對話。回想著這幾天來的關係變化之餘，刃更不經意地看看與澪對話的榊的側臉。

「拜託，東城同學……也多注意我一點嘛。」

榊精神受控時，說了些向刃更示愛的話。

不知道那是洗腦灌輸的思想，還是利用榊心中潛藏的感情。儘管真相教人在意，這也不是方便追究的事。刃更只知道，榊千佳是個相當溫柔善良的女孩；能夠平安獲救，現在能這樣歡笑——就已經足夠了。

——然而，有個人似乎不太滿意刃更盯著榊看。

忽然有隻纖手，摸上刃更在桌下的大腿。

「！——？」

這突發狀況使得刃更渾身一僵。

「？怎麼了？」

「沒、沒事……真的。」

身旁的澪疑惑地問來，刃更跟著支吾回答。澪雖覺得奇怪，還是轉回去和相川跟榊聊天，之後刃更才看向摸他大腿的少女——柚希。

不只是另一側的澪，坐在前排的相川跟榊的視線也受到桌面阻隔，沒人發現柚希的手就放在課桌底下刃更的大腿上。

——日前對戰佐基爾後，刃更和澪、柚希跟萬理亞都接了吻。

從此之後——柚希對刃更的攻勢變得加倍猛烈。

「————————」

刃更用視線示意柚希停手，柚希卻仍盯著擺在桌上的口袋書，裝做什麼事也沒發生。而且，她竟然就這樣一手翻書，一手在刃更大腿上遊走。

……喂！不要鬧啦，柚希！

一面讀沙林傑的書，一面瞞著所有人偷摸別人大腿內側，柚希什麼時候變成這種文學色女啦——喂！再摸下去，我的麥田就要出事啦……呃，我的麥田是什麼鬼啊。刃更小心地不讓其他三人發現，抓住柚希摸他大腿的手，柚希卻順勢和刃更十指交扣。

「…………！」

這狀態危險是危險，不過要是放了手，不知道她這次會摸哪裡，無奈的刃更只好把自己的左手交給柚希擺布。這時——

「——嗨呀，澪公主。」

第1章
做能為你做的事

一旁忽然有個男學生對澪這麼說話，然後在相對於刃更的另一邊——澪的右側毫不客氣地坐下。澪對他瞥了一眼，語調冷淡地說：

「堂上學長……早啊。」

刃更也認識這張臉。之前澪和柚希兩派的擁護者在校舍後包圍刃更時，澪派的就是由他發號施令。還記得，他名叫堂上翔平。

「……不是因為三年級要準備升學，所以執行委員只限一、二年級參加嗎？」

澪連正眼看他都懶地問道。

「基本上是這樣沒錯啦，但也沒有說絕對不行啊。既然澪公主都來了，我們怎麼能不共襄盛舉呢——是吧？」

堂上回過頭，背後是一整排同樣打過照面的其他澪的擁護者。

「柚希公主——」

現在，換另一邊傳來輕聲的呼喚。

……這次是他啊。

穗積海司，領導柚希派的三年級學長，同樣也是那群將刃更架到校舍後的人之一。不過看樣子，他似乎比堂上有禮貌得多了，和其他柚希的擁護者在一旁觀望。刃更小心翼翼地放開柚希的手，不讓他們發現，隨後——

「我們也加入執行委員的行列了——請多指教喔？」

柚希只是對一副模範生模樣但表情柔和的穗積瞄了一眼，並「哼～」地明顯表示不悅，沒說半句話。見到柚希這樣的反應，穗積卻露出滿足的表情，回到其他柚希的擁護者身邊。

另一方面——堂上則是和穗積相反，巴在澪身旁不肯走。

「我當然知道，不管是升學還是將來都很重要；可是啊，我更珍惜現在這樣陪伴公主妳的時間嘛。」

他長相帥氣，這句話也還算動聽，但怎麼就是覺得有點滑稽呢——刃更盯著堂上這麼想，卻被他用力反瞪回來，便立刻移開視線。現在除了澪和柚希，還有相川和榊在；她們臉上有著似乎是因為被堂上等人包圍而產生的不安，必須盡量避免在這裡發生衝突。這時——

「喂，堂上……你也該回自己位子去了吧，否則會要怎麼開啊？」

救星半路殺出。是刃更幾個的導師坂崎守。

「這裡是一年級的位子，三年級在後面。學校是尊重你們的意願才破例讓你們參加的，記得要守好規矩，當學弟妹的典範啊？」

堂上聽了臉色一垮，可是坂崎還是不改他一貫的爽朗笑容。

「…………嘖。好啦好啦，知道了。公主，待會兒見囉。」

於是他咂了咂嘴，帶著跟班離開澪身邊。於是——

第1章
做能為你做的事

「謝謝老師……真的幫了我們一個大忙。」

「哪裡，不必放在心上。你們又沒有做錯什麼。」

刃更隨即道謝，讓坂崎的表情轉為苦笑。

「可是，老師怎麼會跑來這裡啊？監督執行委員，不是二年級體育老師的工作嗎？」

「原本是這樣啦……可是後藤老師好像突然閃到腰，其他體育老師又有社團顧問的事要忙，就交棒到我這個沒其他職務的人身上了。」

「哎喲～守守又要做吃力不討好的事囉～節哀喔～」

相川跟著對無奈聳肩的坂崎開玩笑地說。

「哪有辦法，這種工作都是菜鳥在做的嘛。」

說完，坂崎就到了正在整理會議資料的學生會成員那裡去。之後——

「這下子真是得救了呢，成瀨同學……野中同學也是。就是，學長他們都那樣和妳們說話……」

聽見一直沒表示意見的榊對她們兩人表示擔心——

「沒關係啦。那個人喔，不曉得是有多少自信，好像以為只要裝裝熟，我就會真的跟他好，白痴死了……想太多也該有個限度吧。」

「我也沒關係。以前，我就對他們清楚說過了——我對他們沒興趣。」

「嗚哇……妳們都好狠喔。」

「哪有，我只是說出事實。」

「就是啊。別人不必要的期待不是很麻煩嗎？」

就在柚希和澪對於穗積和堂上的關係明快地一刀兩斷時。

一名配戴學生會臂章的女學生，從黑板前的長桌邊站起——

「——各位同學請儘快就座，第一次運動會執行委員會要開始了。」

並宣告首次會議的開始，其他學生會成員跟著一齊動身，遞發資料。等到確定所有人都拿到會程簡章——

「我是學生會副會長梶浦立華，擔任本學年度運動會的執行委員長，請多指教。」

當她穩健地這麼說完，教室立刻充滿了掌聲。

——在聖坂學園，校慶是春季舉行，運動會則是在秋季。校慶是學生們每年最大的活動，也可說是學生會執行部的心血結晶；定在春季，是為了讓即將升學的執行部三年級成員，能為自己辦一場難忘的校慶。至於秋季的運動會在定位上，是讓明年校慶順利舉行的練習台；三年級將不予干涉，讓二年級主持以累積經驗。所以，副會長梶浦就是這屆運動會的總負責人。

「首先要提的，是老師事先給我的這張委員會成員表。看樣子，今年招攬到的人數好像比往年多了將近一倍呢。可是——」

梶浦以警告的口吻說：

「雖然人多好辦事，可是我要事先提醒——假如有哪個部門人數過多，學生會就會出面將多餘的人數調往其他部門，而且今年各部門負責人指揮起來也較往年更難……因為相關人數愈多，整體管理的難度就會相對地提昇。」

聽見她態度堅決的宣言，教室內響起了微弱的騷動聲。

……嗯，這也是沒辦法的吧。

梶浦她應該知道，這群人有絕大多數是抱著不純動機而來。這次還反常地出現了堂上和穗積這樣的三年級生，也就是二年級要指揮三年級，身為總負責人的梶浦勢必需要相當的心理準備和決心。

「——接下來，我們就從分發各部門人員開始。各位手邊簡章的第二、三頁，是關於各部門工作內容的簡介。各位有十分鐘的時間，請在時間內確認好工作內容，並決定自己的志願。」

梶浦最後說了聲「請開始」並就座，視聽教室內跟著一片譁然。

「——所以，我們要怎麼選啊。」

前排的相川回過頭問，刃更身旁的澪也從簡章中抬起視線，問：

「呃……我要怎麼選咧。刃更你選什麼？」

「這個嘛……」

被這麼一問，刃更立刻將簡章上的各部門簡介快速瀏覽過一遍。

「企劃經營」：設計比賽項目及當天節目順序。

「廣告宣傳」：相關網頁及傳單的製作與更新。

「器材管理」：申請準備各種所需體育用具、帳棚、播音器材等。

「記錄會計」：管理全體預算，查記當天各項紀錄及成績。

「總務輔助」：製作正門拱門，設置當日各項器物、輔助大會運作。

照理來說，其中最熱門的應該是關乎決定運動會內容的「企劃經營」；作業負擔最輕的是「器材管理」，其次是「廣告宣傳」。

而最傷腦筋的，無疑就是「記錄會計」和「總務輔助」。這兩個部門最需要人手，大部分的人都會被指派到兩者之一。就刃更而言，要指派他到仍有空缺或人手不足的部門都可以，不過——

……如果會出問題的話。

雖明知一定會有人是為了澪或柚希而來，沒想到連堂上和穗積這樣的三年級生都來了。

假如刃更和他們進了同一部門，氣氛恐怕不太好；但若和澪或柚希一組，而他們在別的部門，也會招來怨恨。

不過刃更最想避免的，是他們都和澪或柚希一組，只有自己不同的情況。

弄不好，那會給整個委員會添上大麻煩。當刃更慎重考慮時——

「那個……可以打擾一下嗎？」

身旁忽然有人說話，刃更便「嗯？」地抬起頭，接著——

……奇怪？

刃更見到聲音的主人，腦子裡突然一陣混亂。說話的，是個長相可愛的女生；頂著一頭清爽的短髮，眼鏡底下有對大眼睛，感覺像隻膽小的小狗，令人忍不住想保護她。到這裡是沒什麼問題，問題在於——她身上穿的，和刃更一樣是男生制服。其餘四人，表情也像刃更一樣疑惑、混亂吧。當眾人都不知道該怎麼開口時——

「咦，妳怎麼穿男生制服啊……？」

相川直率地說出在大家心裡打轉，卻不敢說出口的問題。

「這個……不好意思，讓你們誤會了。我真的是男的啦。」

他尷尬地搔著臉回答：

「我是學生會總務組的橘七緒。那個，你是東城同學，然後妳們是成瀨同學和野中同學吧？不好意思，在選部門的時候來打擾。」

無論從哪個角度看，橘渾身上下都充滿了少女氣息。

「我們的梶浦副會長，有事想找三位談談……可以嗎？」

之後，刃更幾個就跟著橘來到隔壁的準備室。

室內是約四坪大的空間，牆邊架上密集地放置著各種影像資料和器材——副會長梶浦，就站在準備室中央等著他們。

「那個，副會長……我把東城同學他們帶來了。」

「……謝謝，橘。」

對橘簡短道謝後，梶浦眼睛一轉，以她略感冰冷的視線射穿刃更幾個，然後輕聲嘆息。

「時間不多，我就直接明說了——你們不打算退出執行委員會嗎？」

並不帶一絲猶豫地說出找來他們的理由。

……嗯，我想也是。

刃更並不特別驚訝，在橘說梶浦要找他們時，就已經大致猜到會是這麼回事。接著，梶浦忽然垂下眼說：

「對不起……我沒有怪罪你們的意思，但是我之前也說過了，這次執行委員人數實在太

多。人數多成這樣就夠難管理了，而近半數的動機又與運動會本身無關，更何況還有三年級生在。雖然不是完全沒辦法約束他們，但我們真的沒有多餘心力能花在那上面。」

「…………這樣啊。」

原本，執行委員應純由一、二年級生構成。這是因為運動會是在二年級主導下舉行，需要製造一個讓執行委員長能夠順利發號施令的環境，輕鬆地統整整個委員會；倘若有三年級生加入，而且還別有用心——將會對指揮系統造成混亂、瓦解組織秩序。

梶浦和橘等學生會成員和一般執行委員不同，從暑假前就開始籌備。為了舉辦一場成功的運動會，就連暑假期間也在這上頭流了不少汗水。

……我是很想留下啦，但好像真的不太行。

就刃更個人而言，也不希望自己幾個給周遭添麻煩，想必澪和柚希也是一樣。刃更側眼看看她們，她們跟著默默地輕點了頭。於是——

「我知道了。雖然很可惜——」

就在刃更要表示退出時，準備室的門開了。進來的人，是坂崎。

「怎麼啦，梶浦，時間快到……——奇怪，怎麼了嗎？」

他感到梶浦和刃更之間的氣氛不太對勁，訝異地這麼問。

「老師，不好意思……是關於老師班上同學的事。」

梶浦並不打算隱瞞負責督導委員會的坂崎，當場就說出希望刃更等人退出的事。坂崎皺起眉「嗯……」地想了想，說：

「也許這樣，是真的能讓為了成瀨或野中而來的那些人離開……可是委員會也是課外活動的一環，我很難這麼輕易就允許他們退出耶。」

「可是這樣下去……」

「而且，這也會給其他人退出的藉口。」

梶浦以學生方總指揮立場提出異議，坂崎則是以教師觀點提出問題。

「各班的執行委員，有很多不是像東城他們那樣自願，是以投票或抽籤抽輸這類消極的方式選出來的。假如有人能夠退出，那些人很可能會以他們為藉口一起退出。」

「那麼至少——……！……算了，當我沒說。」

梶浦突然將到口的話收了回去，不甘地低頭咬唇。她想說的，恐怕是「至少，可以請三年級生退出嗎？」吧。然而堂上和穗積各是澪和柚希派的領導人物，若趕走他們的方式太粗糙，反而容易令人懷恨在心，惹得他們故意搞破壞就慘了。

「既然這樣。」刃更插話說：

「那個，梶浦學姊……如果退出會有問題，那乾脆反過來利用我們幾個怎麼樣？多少能讓運動會的準備更順利一點吧。」

「……那說不定會發生讓你們很難受的事喔。」

梶浦表情糾結地說。

「這也是沒辦法的事。我們幾個參加執行委員也不是來玩的啊。」

「我……也有心理準備了。」

聽苦笑的澪和淡然的柚希這麼回答，梶浦低著頭一會兒後喃喃說聲：「那好吧。」

「可以請成瀨同學加入『總務輔助』、請野中同學加入『記錄會計』嗎？這兩個都是人手愈多愈好的部門，要是有妳們在，一定能招到足夠的人手。我記得，妳們班上還有兩個女生吧？如果整個部門就只有妳們一個女生，恐怕不太好做事，所以要麻煩妳們請她們也分別加入這兩個部門。另外，我會請學生會的人來擔任這兩部的部長，絕不會讓三年級學長隨便亂來。」

澪和柚希點頭表示同意後，梶浦又過意不去地說：

「對不起……我會盡我最大努力盯緊他們，盡量不讓妳們難堪。」

從她的表情可以看出，她起先請刃更幾個退出，並不是為了方便管理執行委員而作切割，純粹是為了他們好。因此——

「那我就參加其他的部門，以免造成不必要的衝突吧。」

刃更對梶浦這麼說，結果——

「──不必。東城同學，我要請你加入我們學生會，輔助管理所有部門。」

「加入學生會，輔助學姊你們……？」

刃更鸚鵡學舌似的反問，梶浦跟著點頭說：

「對，加入學生會，一旦有狀況要處理，就沒有干涉其他部門事務的問題──到時候，我們會替你下指示，你就儘管放心去幫成瀨同學和野中同學吧。」

2

此後，各部門的分發一如預料地進行。

澪在「總務輔助」時舉手，堂上等澪派男學生隨之湧入；柚希在「記錄會計」時舉手，穗積等柚希派男學生全都跟進；相川和榊在刃更等人從準備室回來時聽了他們的說明，也爽快地分別加入總務與會計。大部分的人都只關心澪或柚希的去向，即使宣布刃更加入學生會幫忙，也都當成耳邊風。到此──第一場運動會執行委員會總算是結束了。

爾後，東城刃更和澪跟柚希分開，獨自來到保健室。因為他有個尚未履行的約定。

儘管澪和柚希想等刃更事情忙完，再三個人一起回家，不過──

……今天實在不方便啊。

在執行委員會上已被盯上，又讓眾人矚目的澪她們等自己一個，還不知道低調地和她們結伴回家？這樣刺激周遭的行為，是一定要避免的。

……畢竟我們都好不容易留下來當執行委員了。

東城刃更心中，有個非得讓這次運動會成功不可的「特殊理由」。

雖想早點交到瀧川以外的朋友，但這只是其次。

所以，他無論如何都要成為執行委員，並堅持到運動會結束。重溫著這決心的刃更走過走廊，來到保健室前敲門。

「——不好意思，打擾了。」

出個聲進門後，迎接他的是一股柔和舒爽的空氣。

——無論來幾次，刃更都覺得這間保健室是全校最能使他放鬆的地方。

該說是因為空氣特別清新嗎——當然，以治療傷痛為目的的保健室本來就該如此，也裝了空氣濾清機等空調設備；但這裡是受傷感冒等身體不適的人聚集的地方，低落的情緒會連帶使得空氣變得淤沉，就像大多數的人不會覺得醫院的空氣好一樣。即使如此，這間保健室卻依然維持著聖域般的空間。不過——

「奇怪……？」

第 1 章
做能為你做的事

走進裡頭一看，房間的主人不在窗邊辦公桌前；取而代之的，是從置於門邊的病床——拉起的白色簾幕後方傳來的呼喚。

「——這聲音，是東城嗎？」

「對，是我……老師妳聽得出來啊？」

「很奇怪嗎？我比較常和你說話，認得你的聲音很正常吧。」

「呃，話是可以這麼說啦……」

這和導師記住自己班上每個學生的聲音不太一樣。保健室老師面對的是全校師生，能從門外的招呼聲和短短的低喃認出一個人，她的聽覺記憶也未免太恐怖了。而且——

「……你是不是在想沒禮貌的事？」

「沒有，怎麼會有那種事。」

直覺也很敏銳，小心為上。當刃更這麼想時——

「其實，你來得正是時候——東城，我有件事希望你幫點忙，不好意思，可以過來一下嗎？」

「？嗯，好是好啊……」

原以為是幫忙照顧狀況差的同學——但看樣子不是那麼一回事。

簾幕後只感覺得到長谷川一個。這麼一來，會是換床單被單之類的嗎？刃更從簾幕一邊進入之後——

「咦——？」

一看見裡頭長谷川的樣子，就不禁傻在原地。

「——嗯？怎麼了嗎，東城？」

因刃更的反應而表情茫然的長谷川——穿的是連身泳衣，外加一件白袍。

雖然刃更看過澪和柚希這兩個迷人美少女穿連身泳衣的樣子，已有相當程度的抵抗力，但這身裝扮仍足以使刃更的思考瞬時斷線。

——東城刃更，從沒看過長谷川穿正常服飾以外的服裝。

儘管如此，他也認為自己十分明白胸部尺寸比澪更雄偉、臀部曲線比柚希更豐潤的長谷川有多美麗，比例有多驚人。

然而——他仍不明白，唯真正美麗的「成熟女性」才有的魅力究竟有多強烈。被巨大的破壞力麻痺了思考能力的刃更，好不容易才理解現況——

「妳、妳在做什麼啊，老師！」

混亂與興奮相互交雜，拉尖了刃更的嗓音。

「這個啊……其實再過幾天有一班要上游泳課，那邊有一個身體比較虛弱的學生，我要去照顧一下。」

第1章 做能為你做的事

長谷川不假思索地說。

「我是像平常一樣，勸他在旁邊見習啦，可是他本人好像無論如何都想下水。既然學生這麼想上課，當老師的也會希望盡量達成學生的希望嘛，所以就答應他了，條件是要有我在一邊看著。」

不過——

「可惜學校現成的連身泳衣沒有我的尺寸……如果像比基尼那樣兩件式的就應該穿得下，可是訓導主任說『上課穿那種不太好』，我就只好自己在外面訂做一件，結果……」

說到這裡，長谷川將手伸向那豐滿過頭而高高鼓起的胸部，只見開到一半的前拉鍊夾在她深邃的乳溝之間——

「很不巧，拉鍊頭好像卡住了，扯了半天它就是不動。不好意思啊，東城——可以幫我把拉鍊拉下來嗎？」

「咦……不好吧，不管老師還學生，這種事都應該找女生來幫吧！」

又不是演A片，哪一國的女老師會要男學生幫忙脫泳衣啊。不對，在她說胸部大到泳衣只能訂做的時候就該驚訝了。

但現在這情況，刃更只能姑且側開視線，盡量不看長谷川。

「————！」

卻又因此看見了不該看的東西。為換穿泳衣而褪下的衣物，都整齊摺好放在一旁的病床上；光是這樣倒還好，問題是再過去那一小堆上下一組的東西——令人很想吐槽「老師穿這麼性感的行嗎！」的黑色蕾絲內衣。這個能和穿泳衣罩白袍的保健室老師，與她剛脫下的內衣共處一室的密閉病床空間，究竟是哪門子的異次元啊。這時——

「我知道，這種事應該要像你說的，找女性來幫忙……可是我在女性之中已經算力氣大的了，既然連我也拿它沒辦法，我實在不認為其他女性拉得動，所以我只能找男性來幫忙不是嗎？」

長谷川補聲「可是」，接著說：

「你剛好在這時候出現，真是太好了。我本來就是想找你幫忙。」

「啊……？為、為什麼是我？」

「也沒什麼原因啊……一想到該找誰幫忙，自然就想到你了嘛。」

「就我自己的立場來說，既然是這樣的請求——當然會想找熟人嘛。」

不行嗎，東城？

「是有點道理啦，可是……」

那又為什麼偏偏是我咧？見到刃更既困惑又惶恐的樣子——

「如果你真的不想幫忙，也沒關係啦……」

長谷川難掩失望，按著泳衣胸口說：

「那你可以幫我另外找個男生來嗎？這件我才穿一次，實在不想用剪的脫下來。」

聽了這句話，刃更終於放棄推辭，篤定心思——

「…………我知道了啦，那就我來做吧。」

並在經過一次深呼吸似地嘆息後這麼回答。每當澪在學校裡碰上主從契約的詛咒發動時，刃更總會來借用保健室，長谷川也為刃更解過幾次惑；且無論形式如何，能受長谷川請託都是件光榮的事，自己又只有在這種時候才有機會報恩，因此雖然想過要辜負她的期待忍痛拒絕，也說不出口。

再說……

長谷川是指名想找刃更幫忙，拒絕這種要求而找其他男性代勞，怎麼也說不過去。刃更的回答，讓長谷川笑逐顏開地說：

「這樣啊。你肯幫我的忙真是太好了。」

「……沒什麼啦，這也是沒辦法的舍我其誰嘛。」

刃更來到淺笑著的長谷川身旁，並在開始之前說：

「我會盡量不去碰到其他地方的……」

「謝謝你的好意。不過我希望你專心在拉鍊上，要是顧忌太多而使得狀況改善不了就本末倒置了，儘管放膽去做比較好。」

刃更點頭領受後，就讓長谷川坐在床上。

然後站在她正面，觀察長谷川的泳衣構造。

……原來如此。

整體外觀像是一件式的連身泳衣，但沒有肩帶；布面蓋過整個肩頸部位，立領似的一直延伸到半頸，拉鍊設在正面中間。看樣子，是不能先抽出手臂肩膀，直接整件往下拉掉了。

「那個……不好意思，可以請老師把胸部分開一下嗎？我想看一下拉鍊頭的情況。」

「這樣嗎……？」

長谷川兩手托住自己的豐胸，一左一右慢慢拉開。一見到那壓倒性的體積和柔軟度，刃更的心跳立刻不聽話地狂跳起來；可是他還是老實檢查了乖乖露臉的拉鍊頭，以盡量不碰到長谷川胸部的姿勢捏住拉環嘗試扯動。拉鍊頭確實是卡得很死，上下都不肯移動半分。要解決這個狀況嘛——

「…………先等我一下。」

刃更對長谷川簡短地這麼說就暫時離開床邊，把擺在洗手台上的洗手乳整瓶拿來。

「可以用這個嗎？我想稍微潤滑一下拉鍊。」

「當然可以……你想怎麼做就怎麼做。」

得到允諾後，刃更按下壓頭，在拉鍊頭邊擠了點洗手乳。

白濁的黏液，就這麼一點一滴地沾染長谷川的胸部。不只是看得見的外側，刃更也將壓頭伸進胸口泳衣，小心擠了一點。這時——

「嗯……！」

長谷川似乎有點癢，輕喘一聲微微扭身。

「！……對、對不起……」

「啊，我只是不小心叫了一下，不要放在心上。話說東城……這樣是會潤滑拉鍊頭沒錯啦，可是拉環不是也會變滑嗎？」

長谷川的疑問是理所當然。於是刃更回答：

「對，可是沒關係——因為我不會拉那個。」

「這樣啊？那你打算怎麼弄——」

長谷川的話說到這裡就停了，因為刃更的雙手，抓住了卡死的拉鍊頭上方——左右兩邊的鍊齒上。接著——

「————我要拉囉。」

話聲一斷，刃更就彷彿要把泳裝扯成兩半般，強行拉開拉鍊。

由於左右受力完全均等，拉鍊頭「刷！」地一聲直溜而下——長谷川胸口到臍下整個袒露出來，那對豐滿過頭的巨乳也慶祝自己擺脫泳衣束縛似的猛然彈出。

啊……

同時，一股輕飄飄的甘甜香氣流入鼻腔。那想必是禁錮在泳衣中，來自長谷川身體的氣味——長谷川千里這女人的體香。

「————！」

「……你用的方法比我想像中還粗魯一點呢。」

因此刃更一時間忘了閉眼，恍神凝視直接展現在他眼前的巨乳。這時——

「對、對不起！」

胸部讓人看光也若無其事的長谷川一這麼說，刃更就急忙別開臉，扭轉半身面向背後。

「我沒有責怪你的意思。是我自己拜託你幫忙，現在你也確實達成了我的需求。只是——過程有點意外罷了。」

背後接著傳來長谷川含笑的話聲，然後她調侃地說：

「想不到，你會這麼粗魯地硬脫女生的衣服啊。」

「沒有啦，我也不是故意這麼粗魯的……」

刃更只是以拉鍊頭的狀態、節省時間、盡量避免碰觸長谷川等條件做了綜合性的判斷，選擇他認為最合適的方法而已。

「總之謝啦。多虧有你，我才不必剪壞剛買的泳衣。」

「唉……有幫上老師的忙就好了。」

「有啊——對了東城，再幫我一個忙。」

「這、這次又是什麼事……？」

長谷川對緊張皺眉的刃更說：

「沒什麼大不了的，我只是想請你幫我從對面的藥品櫃，拿濕紙巾和下面抽屜的毛巾過來而已。」

長谷川含笑地接著說：

「畢竟我人在床上，胸部又沾了這麼多白白黏黏的液體，就像我『用胸部幫你弄過』一樣，感覺好像愈來愈奇怪了。」

「我、我馬上拿過來！」

東城刃更一這麼說——就七手八腳地跑去拿毛巾。幾分鐘後——

「——久等啦。」

長谷川擦乾胸部、穿好衣服後拉開簾幕下床。

接著喀喀喀地踏響高跟鞋，來到刃更所坐的小圓滾輪椅前方——自己辦公桌邊的椅子坐下，翹起腿轉過身來。

第1章
做能為你做的事

「那麼，你今天是來做什麼的？看你的樣子，應該沒哪裡不舒服吧？」

「是啊。就是……我之前不是有跟老師約好嗎，就這個。」

刃更伸出左手。無名指上，還纏著上週體育課打籃球挫傷時，長谷川為他處理而紮上的繃帶。

「老師幫我處理以後，過了禮拜六日到現在這麼多天，已經不會痛了，所以我想來問老師可不可以拆掉。」

聽刃更說明來意後，長谷川挽起他的左手看了看患部，說：

「……這樣啊，看來你真的有聽話，沒去動它呢。」

「這個……因為我答應了嘛。」

其實這繃帶還在，是因為它意外地牢固。請長谷川包紮後，經過了佐基爾的綁架事件、與瀧川戰鬥、為阻止萬理亞而與化為成體的她戰鬥，最後又與佐基爾交戰；但長谷川紮的繃帶，經過了這麼多劇烈戰鬥卻沒散也沒破，如今仍好端端地纏在刃更的手指上。

或許保健室老師長谷川的技術就是那麼好吧。

「——所以，可以拆了嗎？」

「這個嘛……是不用再包著，它的任務已經結束了。」

說完，長谷川就解開了刃更的繃帶，並用濕紙巾將整隻無名指擦拭乾淨，問：「這樣不會痛吧？」刃更跟著點頭。

「這樣啊……那就沒問題了。不過，不會痛並不代表已經完全康復，不要給無名指太多負擔喔。」

長谷川接著放開了刃更的左手。

「好——謝謝老師。」

當刃更輕點個頭，離席站起時——

「啊，東城……你等一下有事嗎？」

「沒事啊，直接回家。」

刃更在運動會執行委員會結束後就過來這裡，馬上就要六點了。

現在是十月，太陽早已西沉，外頭一片陰暗。

「這樣啊……那等等就陪我一下吧。」

「陪老師？要去哪裡啊？」

長谷川對錯愕的刃更「呵」地一笑說：

「——你忘啦？我們之間還有另一個約定呀？」

3

運動會執行委員會後，成瀨澪和野中柚希順刃更的意思，不等他先回家。

半路上，兩人一起來到了附近的超級市場。

因為萬理亞來電，希望她們順便買點菜回來。

「好……這樣就夠了吧？」

「夠了。萬理亞簡訊上的東西全買齊了。」

柚希在推推車的澪身邊，看著手機螢幕點點頭說。

排了好長的結帳隊伍才終於離開超市時，兩人手機同時收到簡訊。原以為是萬理亞有什麼要補買，傳訊人卻是刃更。於是她們立刻查看內容——卻不約而同地陷入沉默。

「妳那邊也是刃更的簡訊？」

「……應該是同一通。」

大意是他突然有事，會晚點回來，不必替他準備晚餐，最後是幾句道歉的話。澪和柚希面面相覷，不禁對嘆。緊接著——

「——嗨，兩位晚安啊。」

熟識的聲音使她們轉頭看去，一名身穿同校制服的青年站在那裡。

「瀧川……」

說出青年名字的澪，聲音不由得變僵；身旁柚希的表情也露骨地凝重起來，姿態略顯緊張。見狀，瀧川苦笑著說：

「不要用那種眼神看我嘛，我又不是妳們的敵人。」

他是繼佐基爾之後，澪現在的監視人；真實身分是穩健派魔族送入現任魔王派的臥底，本名拉斯──這就是澪等人對偽裝成人類，在這個世界生活的瀧川八尋所知的一切。據說在對付佐基爾的過程中，瀧川暗中幫了不少忙，還將潔絲特的魔法特性告訴刃更、幫他潛入佐基爾的巢穴，替萬理亞救出母親的也是他；甚至像萬理亞那樣，在澪所不知的地方保護著她。因此對澪等人而言，瀧川堪稱是救命恩人。可是──

「我們應該說過了──我是很感激你，但你也有我無法原諒的地方。」

瀧川曾襲擊過澪和刃更。當時刃更在瀧川眼中還只是個阻礙，於是他藉由當著澪的面刺殺刃更，強制喚醒沉眠在澪體內的威爾貝特的力量，推動穩健派對澪加強保護。

當然，瀧川是以穩健派魔族的身分來暗中保護澪，又同時在現任魔王派臥底、負責監視澪的人，有自己的立場和顧慮。

可是，澪和柚希都沒有忘記，瀧川變裝為白假面襲擊她們時，在戰鬥中大刺刺地說出折磨刃更至今的過去──將他未癒的心傷又狠狠地揭開，又讓他的身體負下重傷。所以──

「假如你又像之前那樣傷害刃更，就算要恩將仇報，我也不會原諒你——一定會殺你一百次。」

「唉呀呀，被人徹底討厭了耶……」

瀧川對殺氣冉冉的澪無奈地聳聳肩。

「所以……你找我幹麼？你不是說，要想辦法向現任魔王報告佐基爾的事，先回魔界去了嗎？」

澪表情凶惡地問，對周圍進出超市的行人毫不顧忌。這裡喜歡偷聽他人說話的包打聽並不多，就算讓那種人聽見了，也會以為是在談電影或電玩的事吧。

「對啊，妳說得一點也沒錯……」

瀧川說道：

「可是為安全起見，我想在回去之前給妳們一些忠告。」

「……忠告？」

柚希皺眉反問後，瀧川「是啊」地點頭。

「是關於小刃的事啦……」

這話使得澪和柚希沉默下來。既然提到這名字，就非得聽清楚不可。

接著，瀧川表情嚴肅地說：

「他那個消除能力……實在非常特異，也非常地強；無論物理還是魔法的攻擊，全都能消除得乾乾淨淨。如果善加利用，威脅性會比妳繼承的前任魔王威爾貝特的力量還要大。」

瀧川指出的問題，澪等人也十分明白。刃更的「無次元的執行」具有驚人威力——強大地不只能打倒敵人，還可能傷害自己，是把危險的雙面刃。過去刃更就是意外讓這樣的力量失控，引起無法挽救的事態，才會遭到勇者一族逐出「村落」。

「和我對打的那時候，力量失控的是成瀨妳……可是，假如那天失控的是小刃，妳們有能力救他嗎？」

「我……！」

「…………」

澪無言以對，柚希則是表情苦澀地回以沉默。瀧川確實說中了痛處。

幫助「無次元的執行」失控時的刃更——若辦不到，五年前的悲劇就會重演，但澪等人目前仍束手無策。

「他小時候住的勇者『村落』是個封閉的環境，又直到最近才重新拿出來用過幾次，知道那一招的人還很少，我也沒對現任魔王派或穩健派報告過。除了我之外知道那招的有佐基爾，不過他已經不在啦，至於被穩健派另外安置的潔絲特，應該也不會多說些什麼。」

只是啊——

「假如他有那種力量的消息傳開了——保證會有很多人想要小刃的命。因為無論是對於想要得到妳的現任魔王派，還是要保護妳的穩健派來說，他都是個威脅；其中說不定有幾個會像佐基爾那樣，想用計把他占為己有。佐基爾那方面呢，我是會編出一套故事，假裝他的死跟你們無關；可是野中——你們勇者在對戰小刃和成瀨他們之前，不是有個用靈槍的，把現任魔王派派來幫忙的魔族宰了嗎？所以往後現任魔王派一定會加強監視，到時候難免會有人懷疑佐基爾事件的前後因果關係；而穩健派方面也有萬理亞的問題，局勢的改變是怎麼樣也擋不住的。」

總之——

「小刃本人對這些風險好像也有所自覺，我也為了保險，下了番苦心向他警告過了……不過要是沒其他辦法能保護妳們，他還是會果斷用出那一招吧——就像之前那幾次那樣。」

澪和柚希什麼也沒說。瀧川說的全是事實，假如澪或柚希陷入危機，刃更一定會毫不猶豫地使用「無次元的執行」——即使那會把自己推入危險之中。

「聽說，妳們兩個都和他結了主從契約是吧……」

可是妳們知道嗎？

「只等著讓主人保護的人不叫屬下——叫做累贅。假如妳們以後只是希望待在他身邊，或許是可以維持現狀；但是將他捲入紛爭，逼他使用那一招的就是妳們自己，如果多少知道自己有點責任，就要想辦法加強實力——好歹要強到，能在萬一的時候殺了他的程度。」

「————！」

冷酷地拋出這句話、使兩人驚訝地抽口氣後，瀧川就說聲「掰啦」轉身離去。

留下說不出話、只能茫然佇立的澪和柚希。

4

竟然坐上了這麼高級的車。

這可是愛好者遍布世界各地，有個躍馬紋章的紅色跑車啊。

——刃更和保健室老師長谷川一起離校後，就坐上了她所駕駛的車。

為了日前兩人在燒肉店偶遇後，在回程結下的約定——讓長谷川請一頓飯。

從街道駛進國道後奔馳了一會兒，車子終於在目的地停下。在副座的刃更想起長谷川曾說她要介紹她喜歡的地方後，路上幻想著各種可能；畢竟對象是長谷川，搭的又是超高級的跑車。

會是名廚經營的西餐廳，還是高級懷石料理呢？

再不然，就是能夠感到師父手藝之精湛的壽司舖。或是乾脆反過來想，她想開名車上大眾定食餐廳或拉麵店？——好像都挺有可能的。感覺上，長谷川千里這女人不會特別拘泥時間地點，就像無論是在學校或燒肉店一樣，不管到哪裡去，她都能從容不迫地散發她的美麗光彩。

——最後，這個不拘泥於時間地點的長谷川帶刃更來到的，是她的住處。

看來長谷川不打算上餐廳，是要請刃更吃她親手燒的菜。這是一棟高層公寓——而她就住在最頂層；空間對獨居女子而言有點大，不過看樣子是真的沒人和她同居。來到客餐廳並用的房間後——

……這樣真的好嗎？

刃更忐忑不安喝著長谷川為他泡的茶，等待菜餚上桌。

光是和長谷川共度晚餐就夠讓人緊張了，想不到還被她請進家門。教師和學生關係這麼近，真的沒問題嗎？

「————」

料理逐漸完成的節奏乘著長谷川哼歌的旋律，從廚房流轉而來。

剛剛看見長谷川脫下平時的白袍、換上圍裙的樣子，感覺也相當新鮮，有另一種魅力。

……沒見過她這樣耶。

長谷川的情緒顯得相當雀躍。能讓她這麼期待和自己吃這頓飯，確實是榮幸之至；但一往深處想之後，心情就再也鎮靜不下來。

長谷川究竟想做什麼呢？猜不到她的用意，使刃更變得緊張兮兮。這時──

「──久等啦，東城。來這邊坐吧。」

「喔，好……」

聽見長谷川的呼喚後，刃更飲盡紅茶離開沙發，來到較大的餐桌邊坐下，長谷川跟著端菜上桌。見到那些菜──

「……老師，妳也太厲害了吧。」

刃更不禁如此讚嘆。作菜過程中，廚房飄香不斷；再加上是長谷川親手下廚，令人不只緊張，還非常期待──結果，長谷川端出來的還真的遠遠超乎刃更的想像。

──長谷川為刃更做的都是一般家庭常見菜色，然而從擺盤到調味，品質都是一目了然地高；更讓刃更驚訝的是菜色的數量，以及一點也不均衡的營養。蘿蔔泥漢堡排、咖哩飯、馬鈴薯燉肉、凱薩沙拉、薑燒豬肉、牛肉醬蛋包飯、炸雞塊和味噌湯，將桌面排得滿滿滿。拜託，這個人也做得太起勁了吧。除了沙拉和味噌湯，有四道是肉類，又有咖哩飯和蛋包飯；她不是保健室老師嗎？營養怎麼會這麼失衡啊。

「──來，盡量吃個夠。」

第1章
做能為你做的事

「好……那我開動了。」

刃更對坐在對面的長谷川和滿桌的菜雙手合十，並問：

「那個……我要從哪裡開始吃比較好啊？」

每樣看起來都很棒，不過長谷川可能對某樣特別有信心，還是先問問的好。接著——

「這些菜都是為你做的，你愛從哪裡開始吃都可以。」

長谷川這麼說，並靦腆地笑了笑。

「其實，我是第一次親手做菜給別人吃……不太知道該準備些什麼，就乾脆把自己心目中，年紀像你這樣的男生會喜歡吃的菜都做出來了。」

「————」

聽了長谷川的話，東城刃更才明白整桌營養失調餐是怎麼來的。原來她做的這些菜有個題目，不是長谷川的拿手好菜，也不是想讓人吃的料理，而是希望刃更高興的筵席。於是——

「……我開動了。」

刃更再次道謝，然後從蘿蔔泥漢堡排下筷。切成一口大小後，肉汁立即強調自己有多鮮美般汨汨而出，刃更也不客氣地將肉塊送進嘴裡，肉本身的精華和風味頓時在口中漫開——

「…………怎麼樣？」

長谷川略帶不安地提問時，刃更早就吃到不禁傻笑，答案當然只有一個。

「老師……這個好吃得一塌糊塗耶。」

這讓長谷川放心地撫胸，笑著說：

「這樣啊……太好了。那就別客氣，快盡量吃吧。」

刃更聽了點點頭，大快朵頤起來。

——長谷川為刃更做的菜，每一道都極為美味。

種類多，分量大，原本以為或許無法全部吃完，想不到竟好吃得停不下筷子。刃更就這麼當著笑嘻嘻地看著他的長谷川，將菜盤接連清空——一小時後，就掃光了整桌料理。

肚子飽足、心裡滿足的刃更，希望至少能洗個盤子來答謝，卻被長谷川以「能清洗吃乾淨的碗盤的喜悅，是屬於作菜的人的權利」為由婉拒了；不過她又說：「要謝的話，我希望你幫我做一件事。」刃更就一口答應了。現在——

「那個——這樣真的好嗎？」

「是啊，你就做吧。」

「呃……那我就冒犯囉。」

確定洗著碗的長谷川允許後，刃更就從背後摟住了她。

——她似乎是想親身體驗「為男人親手下廚後，在洗碗時被他從背後甜蜜一下」這般電視連續劇常見的情境。

為了讓長谷川方便動作，刃更摟著她的腰、身體貼近，立刻感到她的柔軟、體溫和香水味，但危險的還不只這些——

……這角度對眼睛也太傷了吧……！

平常看起來，長谷川和刃更視線高度差不多，是因為她穿著高跟鞋的緣故。在自家脫了鞋的她，比刃更矮了一截，顯現出普遍的男女身高差距。所以，他看見了——長谷川襯衫前兩顆鈕釦沒扣，讓她豐滿過頭的胸部擠出的峽谷、北半球和內衣都能看得清清楚楚。

「呵呵，這樣不錯耶。聽見東城同學的聲音從不同高度傳來，也滿新鮮的。」

長谷川繼續洗碗動作，愉快地笑著說。

「怎麼啦，東城，你好像很緊張耶……你和成瀨跟野中同居，應該不是第一次做這種事吧？」

「呃，這個嘛……是這樣沒錯啦。」

的確，刃更不是第一次做這類動作。柚希常強迫他這麼做，不服輸的澪也會有相同要求；至於包辦下廚等所有家事的萬理亞，還準備了一個踏台好縮短身高差距，讓刃更方便抱她。不過，這都是因為刃更和她們已建立起如此程度的感情基礎，而他和長谷川之間並沒有親密到能做這種事；畢竟他們是師生關係。

「你和成瀨或野中做的時候是什麼感覺，可以說出來讓我參考一下嗎？」

「什麼感覺？……什麼意思？」

接著，長谷川輕輕挺腰說：「就是這個意思。」將她柔軟的臀肉在刃更胯下蹭了蹭，讓刃更嚇得全身僵硬，然後在他懷裡回頭說：

「你們這個年紀的人做這種事，應該不會東西洗一洗就什麼事都沒了吧？」

「！——……哪有，我們沒有怎麼樣啦。」

目前確實是洗一洗就沒事了——不過有時候會洗到澪或柚希身上去而已。

「這樣啊……好吧，既然你這麼說，我就相信你。好老師就該相信學生嘛。」

「好老師哪會這樣開學生的玩笑啊……真是的，小心哪天出事喔。」

「呵呵，那就等著瞧吧。」

長谷川面露戲謔笑容，轉回正面說：

「——那麼，我做的菜和成瀨她們平常做給你吃的比起來，味道怎麼樣？」

「呃，這個嘛……」

刃更因話題恢復正常而鬆了口氣，在心裡將自己每天在東城家吃的菜與剛剛長谷川做的菜做比較。萬理亞平時所做的，滋味其實和長谷川不相上下；雖然柚希和澪有時也會下廚，嚐起來也很棒，但東城家廚藝最好的應該還是萬理亞。與只和迅相依為命時能吃就好的料理相比，味道和菜色都有天壤之別。儘管如此，想回味自己多年來熟悉的味道時，刃更還是會偶爾自己弄點簡單宵夜；柚希所做的野中家口味煎蛋或味噌湯，也能讓他憶起幼時的種種。比起來，長谷川做的都是標準的家常菜色，樣樣都下足了功夫。雖然用料本身就好也有幫助，但經過了她用心地前置處理，充分發揮出食材本身的原汁原味；火力調整與調味也相當精湛，甚至連擺盤等外觀方面也毫不馬虎。所以──

「老師做的菜……每樣都很精緻，就像在專做這類菜色的餐廳吃到的一樣，好吃得不得了。可是……」

「……不太合你的口味嗎？」

仍洗著碗的長谷川沒有回頭，音調略沉地問。

「不是，剛好相反……老師為我做這麼豪華又好吃的菜，說這種話可能不太禮貌──」

刃更回想著長谷川所做的菜的滋味，將那復甦的感覺說出口。

「我明明是第一次吃老師做的菜，可是不知道為什麼，有一種『很懷念的感覺』……我出生以後，就是我爸一手帶大；我連母親的長相都不知道，當然也沒吃過她做的菜，舌頭應該只記得老爸做的菜，還有和我一起長大的柚希家裡請我吃的菜是什麼味道才對啊。」

「……………………」

「請問……老師的調味是跟令堂或哪個親戚學的嗎？」

刃更見到長谷川沉默不語，以為惹她生氣了，惶恐地這麼問。而她的回答是——

「…………是啊。廚房的事，都是以前和我住在一起的一個遠親教我的——她就像是年紀大我很多的姊姊一樣。」

「這樣子啊……」

「嗯，當年我很喜歡她，也喜歡她做的菜。所以知道你也喜歡，讓我真的很高興……」

聽見長谷川話裡帶有表示過去的字眼，使刃更察覺那位親戚或許已不在世上，不敢再繼續問下去。這時——

「——不好意思，東城。」

長谷川突然關上水龍頭，說：

「一下下就可以了……再用力一點抱我。」

脫下白袍和高跟鞋、被刃更摟在懷裡的長谷川，只是個和澪她們沒什麼不同的柔弱女子。於是刃更聽從長谷川的要求，將她抱得更緊——以自己的方式。

「啊——……」

長谷川有些驚訝地叫出聲來。刃更將背對的長谷川強行轉了過來，與她面對面緊密相擁。經過短暫沉默後——

「…………我們是師生關係耶。」

「現在別想那些。」

長谷川雖覺得不妥地這麼說，但在刃更的手繞上她的腰背並抱得更緊後，她也將手探上刃更的背，用力回抱。於是，刃更也默默地擁著長谷川，直到她滿足為止。

就這樣——在長谷川錶上的秒針劃出一段只屬於他們兩人的時間後——

「……已經可以了，東城。」

聽見這話，刃更便老實放開雙手，接著長谷川苦笑起來。

「對不起……弄髒你衣服了。」

「沾上一點泡沫不會怎——」

這時，刃更才發現自己襯衫上多了點紅色痕跡。

是口紅印。對於發現自己沒注意到口紅的刃更，長谷川微微笑說：

「讓我幫你洗吧……如果只洗這一件加烘乾，應該花不了多少時間。這段時間你也不要白等，順便洗個澡吧。」

長谷川說完就動手脫起刃更的衣服，嚇得他急忙後退一步。

「沒關係，不需要幫我洗啦——穿上外套就看不見了。」

「但是你回家以後，要怎麼跟成瀨她們解釋？」

的確……總不能說實話，不然就麻煩了。要是傻傻把這裡的事說出來，說不定會讓澪和柚希嫉妒得引發主從契約。那麼——

「那我就說是在回程電車上沾到的，香水也是那時候——」

「——那可是我的香水味耶？成瀨有段時間常常來保健室，我的香水味，她一定認得出來。」

真的假的。刃更不禁語塞，惹得長谷川吃吃笑著說：

「不要再推了，快去洗吧，東城——別擔心，要是弄到太晚，我再開車送你回家。」

不知如何是好的刃更煩惱了好一會兒，最後還是接受長谷川的好意，進了浴室。

因為，他有個煩惱。

——四天前後佐基爾對戰後，刃更在自己房內襲擊了澪。

刃更對澪相當重視，一直都很自制；可是當時一想到佐基爾差點就要奪走澪，理性就完全消失無蹤。要不是在千鈞一髮之際回神，侵犯澪的就換成他了。經過與澪幾個直至今日的同居生活、締結主從契約時的屈服行為、解除催淫詛咒等，在各方面都壓抑過多，已經瀕臨極限了。

……假如在這種狀況下，澪和柚希又同時引發催淫詛咒。

第1章
做能為你做的事

到時候，自己很可能真的會跨過那決定性的界線。儘管澪嘴上說無所謂，但那種事可不是能拿來開玩笑的——就算真的要跨過那條線，也不希望原因出在長谷川身上。

白煙靄靄的長谷川家浴室中，泡在浴缸裡的刃更望著天花板——

「……我是不是真的需要紓壓啊。」

語氣消沉地喃喃這麼說，這時浴室門後傳來：

「東城——我先幫你把襯衫上的口紅印清掉了，接下來要弄掉香水味，洗完烘乾大概要一個半小時。嗯，應該趕得上末班車吧。」

「不、不好意思，讓老師這麼麻煩……謝謝。」

這樣就不用擔心會襲擊澪她們了——不對，又不一定真的會那樣。

「哪裡，不用客氣……相對地，我想請你幫我做一件事，可以嗎？」

「喔。好，可以啊——」

刃更從浴缸裡坐起，想問長谷川要做什麼時，浴室的門「喀嚓」一聲打開了。

長谷川不知何時已脫光了衣服，連眼鏡也沒戴，只圍了條浴巾。

「這樣啊，太好了……」

並且笑嘻嘻地這麼說就走進浴室裡來。

「！——等、等一下啊，老師，妳進來做什麼！」

浴缸裡的刃更倉皇轉向另一邊去。

「？我不是說有事想請你幫忙嗎？其實，可能因為我是保健室老師，常常有學生找我談心事……像暑假剛結束時，跟戀愛有關的特別多，讓我很頭痛。」

「呃，那跟現在這樣有什麼關係啊！」

「說起來有點慚愧……我到現在都完全沒談過戀愛，沒辦法給那些認真找我談的學生有用的意見，讓我很點過意不去。所以我今天找你來我家吃飯，是希望能夠稍微體會他們的感覺。多虧有你，我才有機會做飯給男人吃，也體驗了洗碗的抱抱——我真的很感激。」

「原來妳想嘗試連續劇的情境是為了這個啊……」

刃更恍然大悟似的這麼說，長谷川跟著小聲說：「是啊。」表示肯定。

「我原本是認為那樣就夠了，可是話說到一半，你那樣用力抱我抱得那麼緊，讓我連男人的衣服都洗了，最後還進了我家浴室；所以我就想，乾脆和男人一起洗澡的感覺也順便體驗看看好了——應該沒問題吧？」

「當然有問題，問題大了好不好！我們不是師生關係嗎！」

「可是我之前這樣說的時候，你叫我不要想那些耶？」

「呃，那是……！」

教師也是人，若在身心痛苦、需要扶持時，卻礙於立場而不得不忍受折磨，也未免太悲哀了。像澪曾因為自己是前任魔王的獨生女就以為得不到任何幫助，柚希受勇者使命束縛而必須面臨割捨重要事物的選擇，萬理亞則是家人被當成人質而不斷獨自苦惱——為了拯救這些各懷痛苦的少女，刃更一直煩惱到今天，而在關鍵時刻為他點燈引路的，就是長谷川，怎麼能只因為她是老師就棄她於不顧呢。這時——

「……真的不行嗎，東城？」

背後的長谷川失望地說。

「說不定，你會是最後一個能來我家的男人呢。」

「呃，應該不會有這種事吧……」

刃更反駁的同時，想起放學後在保健室發生的事。

——自己脫不了泳衣的長谷川向刃更求救，刃更原想拒絕，她卻想找其他隨便一個男人過來。恐怕她的動機和請刃更來家裡一樣，是為了讓自己更能夠解決學生的戀愛問題。可是——

……想不到老師會有這種弱點。

還以為長谷川是個完美無缺的女人，竟然會沒有戀愛經驗，不過這是能理解的。像她這麼美，反而會使得很多男人不敢接近；而她身為一個小小的保健室老師卻能坐擁高級跑車和這樣的公寓，表示她有可能是個資產家的女兒；假如她男性化的語氣，是從小受父親嚴格管教所致，會對戀愛或男女關係缺乏經驗也十分合理。

——然而，長谷川是個愛護學生又認真的教師，對剛轉校過來的刃更也很關心，比任何人都更切身地分擔他的煩惱；所以她現在，應該是真的想在學生的戀愛問題上有所建樹吧。

這麼一來，假如刃更在這裡拒絕與她共浴，她或許會請其他男人代勞，但若那個男人食髓知味、刻意利用長谷川的弱點——

想像最壞的情況後，刃更用力擠出聲音說：

「…………～～～！要洗就洗吧！」

然後鐵下心轉過身去。天曉得長谷川會找上怎樣的男人，絕不能讓她冒那種險。聞言，長谷川回答：「謝謝你。」表情明亮起來。

「那麼東城，我們就從洗背開始吧。我想洗洗看男人的背。」

「唉，請洗……」

於是刃更出了浴缸，背對長谷川坐在塑膠椅上。

背後跟著傳來幾次擠壓聲，應該是在擠沐浴乳吧。接著——

「……久等啦，我要開始囉。」

長谷川話一說完——就把雙手伸到刃更身前。

……咦？

不是要洗背嗎，手怎麼會伸來前面——刃更才剛這麼想，長谷川就從後抱住了他，擠壓在背上那溫暖柔軟的觸感跟著上下滑動起來。

「這、這是怎樣——老師妳在幹麼！」

「那還用問嗎……我在洗你的背啊，用我的胸部。」

對於長谷川動作煽情，態度卻相當自然地用巨乳為他擦背——

「要、要洗怎麼不用毛巾洗啊！」

刃更慘叫似的驚慌大叫，結果長谷川笑著說：

「你在說什麼啊……像這樣用胸部洗，體驗人家做這種事是什麼感覺以後，我才有辦法回答他們的戀愛問題啊。像平常那樣洗有什麼意義？」

「呃，事情可能真的是妳說的那樣沒錯啦……可是妳身上的浴巾咧！」

「因為很多餘，我就脫掉了。反正成瀨和野中也對你做過一樣的事吧？」

「這個嘛——……！」

她們是確實做過這種事，不過澪是澪、柚希是柚希、萬理亞是萬理亞。她們的感情、雙方的感情以及做這種事的原因，全都和長谷川不同。

……真的不好啦……！

澪她們和長谷川之間，還有個決定性的差異，那就是，長谷川是第一個為刃更做這種事的「年長女性」。澪和柚希同年，都像妹妹一樣；就算有副小孩外表的萬理亞化為成體時美豔得驚人，但刃更很清楚她平時是什麼樣子，不至於失了冷靜。

——然而長谷川不同，她年紀就是比刃更大，精神上也是大方、成熟。

儘管她自稱沒有戀愛經驗，但兩人既然是師生關係，相對態度上就有上下之分，讓刃更不敢反抗；再說，刃更為了使澪她們屈服，多是主動立場，很少處於被動。

……不好了，要趕快抓住主導權才行……！

再這樣下去真的會出事。在刃更拚命鎮住情緒思考時——

「舒服嗎，東城……跟成瀨和野中比起來，我胸部的動作怎麼樣？」

幸運地從長谷川的問題裡找到掌握狀況步調的契機。

「……其實差得很遠耶……她們的技巧都很好。」

接著就是死命硬撐。結果——

「差很遠啊？那——要怎樣才行呢，可以給我一點建議嗎？」

「——！建、建議是吧……那首先呢——」

這都是為了抓住主導權。迫於無奈，刃更只好教導長谷川用胸部洗人的訣竅。

長谷川也聽從指示，不再只是上下滑動，還加上左右和畫圓，隨擠壓部位改變力道強弱，照著刃更每一句話淋漓盡致地使用自己的胸部為刃更搓背。很快地，長谷川的胸部尖端硬實地鼓起，在刃更背上猥褻地強調自己飽含的快感。

「嗯！東城……好棒喔，我的身體愈來愈熱了耶……！」

且語氣漸染嬌甜，也能感到相貼部位的體溫節節高升。

……老師她……！

那個長谷川竟然用胸部為自己搓背搓得這麼興奮，開始感到屬於女性的歡愉——這樣的事實使得刃更也興奮得幾乎難以自持。如果現在轉身，就能看見這樣的長谷川——看見卸下平時教師妝容、化為女人的她有著怎樣的表情，看見快感讓她胸部尖端變得多麼地硬。因此，即使明知不應該——

「…………！」

東城刃更還是稍微順從誘惑行動——轉向了背後。於是——

「啊——？」

滿腦子都是用胸部為刃更搓背、難以作其他思考的長谷川，就這麼倒進刃更的懷裡。刃更急忙接住她，也跟著摔在浴室地板上。

「…………」

「…………」

在近距離對看的姿勢下——刃更終於看見了自己渴望的答案。

——一絲不掛、因女性歡愉而全身發燙的長谷川，美得令人瞠目結舌。

那身滿染快感的嫣紅肌膚，和保健室裡的她完全不同；兩眼嬌媚濕濡，吐息也炙熱異常，看得刃更不禁吞吞口水。

下個瞬間——長谷川對刃更露出澪或柚希在這時候絕不會有的表情。

她笑了。在初嘗女性歡愉、將自己完全展現在刃更面前的狀態下。接著——

「————」

長谷川慢慢湊近刃更，疊上嘴唇——與他相吻。

刃更沒有動作，默默地任長谷川擺布。

「嗯！……啾、啊……嗯……呼！……呀……哈啊……嗯哼！」

在長谷川唇舌交攻下，兩人愈吻愈狂熱。經過好長一段時間，長谷川才肯分開，直視刃更雙眼說：

「……哎呀，沒想到連初吻也一起體驗了呢。」

接著，她又充滿女人味地嫵媚一笑。這表情——讓刃更再也自持不住。

回過神來，他已強行占據了長谷川的唇，雙手抓著她滿是泡沫的巨乳恣意搓揉，乳肉從指縫間形狀猥褻地溢出。

「嗯嗯～～！啾……啊啊，東城……啾噗……啊哈啊、啊啊啊啊！」

只是將胸部在刃更背上推擠滑動，就讓長谷川如此亢奮，揉胸的快感更是讓她叫得一次比一次忘情。這銷魂的反應更勾起刃更的慾火，給予她更強烈的快感。

沾滿泡沫也無所謂——刃更嘴一張就吸住了長谷川的右胸，她胸部的滋味就像之前那桌菜般頓時在嘴裡擴散。雖沒用牙齒咬——但刃更一在柔軟中發現那滿脹快感的尖端，就大口吸了起來。

「哈啊啊啊啊、不要……東城……不要那麼、用力……啊——……？」

忍不住對刃更雙腳扣腰、兩手抱頭的長谷川，突然間白頸反仰，全身猛然一抖。明明沒受到催淫詛咒影響——只因為刃更對胸部的攻勢就高潮，可見她的身體有多麼敏感。

「啊……這、這是怎樣……嗯！……該不會、我……高潮了……？」

現在，刃更要讓初嘗高潮而意識恍惚的女教師嘗嘗臀部的快感。仍含著胸部的他十爪使勁抓在長谷川臀上，粗暴地揉個不停。

「！——呀啊啊，等、等一下……東、城……你這樣……呀啊啊啊——！」

因高潮而更加敏感的長谷川再度高潮得猥褻抖腰，但是——

……還沒完呢。

想更了解男人是吧，那我就徹底地教教妳。刃更緊摟長谷川的腰，用另一手拿來蓮蓬頭，要將她胸上的泡沫一次沖光——

「啊嗯！……等一下，東城……嗯！我、我還想再幫你洗一下……」

長谷川將塑膠椅踢到角落去，把刃更推倒。

接著，上半身沾滿泡沫的她坐到刃更身上——

「乖乖不要動……這一邊，我也用胸部幫你洗乾淨。」

並微笑著這麼說之後輕輕壓下，用她柔嫩的肌膚擦洗刃更的身體正面。

比起搓背，現在這樣長谷川胸部的觸感更為強烈。

「…………！」

刃更在長谷川底下輕輕一抖。長谷川柔軟的胸部，正形狀煽情地貼擠在他胸腹之間來回滑動；每一個磨蹭，她乳溝間的泡沫就會「咕啾咕啾」地發出淫褻的聲響。很快地，洗著刃更身體正面的胸部愈洗愈低——終於來到纏在刃更腰上的白色毛巾上。然而，因生理反應而早就起立敬禮的刃更——

「……——！」

卻連忙滑出長谷川底下——這一滑，讓他坐上了浴缸邊緣。

總算是保住了最後的理性，沒有跨過那條線。可是——

「你以為我這個保健室老師……會眼睜睜看你保持這麼難過的樣子嗎？」

長谷川卻對嘗試自制的刃更露出勾魂笑容，旋開沐浴乳抽出壓頭，直往自己胸部倒；高黏度的液體就這麼順著沾滿泡沫的胸部虛線汨汨而下，在胸間堆成一口小池。接著，長谷川跪到刃更面前說：

「來吧，東城——你要知道，有大姊姊疼愛是非常幸福的一件事。」

那柔媚的話定住了刃更，使他坐在浴缸邊動也不動。

……啊……

突然間，刃更眼前一暈。大概是在浴室待太久，有點腦充血吧。而長谷川似乎沒察覺刃更的狀況，臉上浮現進浴室以來最痴淫的笑容。

「——在保健室開的玩笑，居然要成真了呢。」

長谷川這麼說之後，從下方托起自己淋滿沐浴乳的胸部，從纏在刃更腰間的毛巾底下，緩緩向內——向深處挺進。

——緊接著，東城刃更毛巾底下的分身，刷過了長谷川兩乳之間。

「！呃——？」

瞬間有種腰腿無力的感覺。長谷川就這麼將撐起刃更腰上毛巾的胸部，連同上半身猥褻地上下搖晃，讓刃更再也無法思考——只能抱著豁出去了的心態閉上眼，把自己的一切交給了她。

等眼睛再度睜開——刃更發現眼前不是浴室，而是更衣間的天花板。

第①章
做能為你做的事

……奇、怪……我什麼時候……？

或許是意識仍然模糊，思緒紊亂不定。這時——

「——還好吧，東城？」

平穩的呼喚傳進耳裡，同時一片白色色塊蓋過刃更的視野。

「老師……？」

只聞聲音不見人影，使刃更左右張望起來，這才明白現在是什麼情況。

自己，正枕在只圍一條浴巾的長谷川大腿上——而剛剛遮住天花板的白色色塊，是由下往上看的，長谷川的巨乳。

「——對、對不起！」

「喔哇……喔！」

刃更倉皇側翻、一躍而起。霎時間——

腰間的毛巾卻忽然鬆脫，嚇得他急忙伸手按住，勉強沒露出重點部位，最後才放心摸摸胸口。

「真對不起……明明是保健室老師卻弄得那麼忘我，沒注意到你的狀況。」

接著，圍著浴巾、在地上側坐的長谷川過意不去地道歉。

「沒關係啦。我好像，在老師腿上躺了很久，我才對不起呢……」

刃更在更衣間地上跪下，深深磕了個頭。

「…………………………那個，老師？」

「嗯？怎麼了？」

聽刃更仍壓低著頭這麼問，長谷川以平時的語氣回應。於是——

「我……真的有和老師一起洗澡吧？」

刃更慢慢抬起頭，希望沒出事般這麼問，而長谷川則是一派輕鬆地說：

「什麼嘛，東城……難道你頭暈到全都忘了嗎？」

「！……哈哈，怎麼會呢……那種事哪忘得了。」

笑得嘴角抽搐的刃更，明白最希望的「只是一場夢」的可能性已經幻滅。

「……所以，我們兩個，最後是洗到，什麼地步啊？」

刃更問得斷斷續續，每一個頓點都充滿了祈禱。

「啊，對喔……你後來昏過去，不記得最後怎麼了。就是我用胸部，幫你洗身體啦。多虧有你，我才能得到這麼寶貴的經驗。」

「————！那、那真是太好了……」

刃更表情變得更為痙攣，心想——還沒完，還有希望。於是——

「那、那老師後來幫我洗到哪裡啦……？」

問題在於部位。如果有中途收手，還算勉強過關。寄託最後一絲希望這麼問後——

「這個嘛……你還記得下午在保健室裡，在我胸部擠洗手乳的事嗎？」

「——咦？記、記得啊……就是幫老師脫泳衣，潤滑卡住的拉鍊頭那時候嘛。」

話題突然改變，使刃更困惑地這麼回答，結果長谷川手按在擠出浴巾頂端的豐滿胸部上，戲謔地笑著說：

「那麼，你想知道那時候和剛剛的你——哪一個在我胸部上噴得比較多嗎？」

長谷川的話，完全打碎了刃更最後的希望。明白一切都是現實的刃更——

「…………不用了。」

用小得幾乎聽不見的聲音這麼說後，重重垂下了頭。

5

之後——在衣服烘乾之前，刃更只圍條浴巾半裸待機。

途中雖再度為長谷川的豐盛晚餐道過謝，但對浴室裡一連串發生的事，再也沒多問。

等刃更匆匆離開長谷川的住處時，已經過了十一點。

……竟然弄到這麼晚。

在離長谷川家最近車站的下行月台上、排隊行列間，刃更不禁嘆息。

其實——長谷川原想驅車送他回家，卻被他鄭重婉拒。光是烘衣時，刃更就一面看著身穿性感浴袍的長谷川在眼前晃來晃去，一面為了昏倒期間是否真的發生了長谷川所說的事而苦惱不已；要是兩人在比浴室更狹窄的跑車裡獨處，實在不敢保證自己是否又會把持不住。

而且……和長谷川相處這麼久就夠危險了，若被澪她們看見自己讓她載回家，事情一定會變得很麻煩——不過出事的不是刃更，而是澪和柚希。假如她們嫉妒起長谷川，無疑會觸發催淫詛咒。於是刃更操作手機——

「…………好。」

繼烘衣時送了通「會晚點回去，要澪她們別擔心」的簡訊後，再發訊通知三位在家等著的女孩，說自己正要搭電車回去。

然後將手機收進懷裡，恍然想著即將到來的電車。

……嗯，應該很擠吧。

傍晚過後，這條線基本上是擠滿了從都心返家的上班族，再加上這個站離都心較近，從這裡上車的也不少；現在，和刃更一樣等著電車的人，就在月台上排出了一條條長長的隊伍。常來這個站搭車的長谷川，就是因為知道這點而想送刃更一程——但就算會擠成沙丁魚也要忍耐，非謝絕她不可。

這時，通知下行月台有車進站的廣播響起。但是——

『特快車即將經過二號月台，請月台邊——』

「是喔……原來特快車不停這一站啊。」

當刃更想起這站和離東城家最近的站不一樣，只有平快以下車種會停而喃喃低語時，事情發生了。

——黑暗忽然降臨四周。車站的燈都滅了。

突如其來的變化，讓刃更心裡跳出「停電」二字時——

「——喔？」

他頭向右一歪，左手撥動似的輕掃一下，將背後偷襲刃更後腦的拳頭架到一旁。

「搞什麼東西啊……——？」

刃更猜想著對方可能是醉漢或趁暗打劫的強盜原想轉身，卻被逼著向橫跳開。因為不只是背後，周圍等車的乘客全撲了上來，眼神都不像個正常人。

……！難道……！

想到某個可能時，微微照亮黑暗的緊急照明忽然熄滅，附近街道的聲響也跟著消失。看來是被空間錯位型的結界罩住了。

因此，東城刃更確信——自己遭到了襲擊。

……可惡！是誰，竟敢把平民也牽扯進來……！

進了結界的不只是刃更，那些上前攻擊的人們全都是；但他們只是遭到操縱，不能胡亂傷害他們。即使遭到包圍，面對接連而來的拳腳和猛撲，刃更也利用僅有的空間一一閃避，並在錯身時猛擊頸部或軀幹使他們昏倒。途中——

「————！」

突然出現的無數光點，使刃更倒抽一口氣。結界內不可能恢復供電，不會有燈光；然而刃更周圍，還是出現了大量光線，照亮黑暗——是魔法陣。

……不會吧！受操縱的人們竟同時用起了魔法。當刃更為這事實愕然之際——結界忽然解除，空間恢復正常。

「什麼————！」

刃更頓時啞口無言。受操縱的人們仍在吟唱魔法，假如那是攻擊性魔法又成功發動，一定會對站體造成破壞。

……糟糕……！

尤其是從軌道彼端逐漸接近的光點，更是讓刃更焦躁不已。之前廣播中所提到的特快車就要來了，雖然車站停電，但特快車本來就不會停，應該會直接過站。假如周圍這些人放出的魔法破壞了軌道或直接擊中電車，勢必會造成大量傷亡。

想到那淒慘畫面的刃更身體不禁一僵——同時有三道身影利用這個破綻，從無數魔法陣中竄出。刃更反應不及，被幾乎貼著地面衝撞而來的三人抱住腰腿，硬是推進空中。

糟糕——這麼想時，刃更已和他們處在掉進軌道的途中。剎那間，結界又回來了，彷彿在表示襲擊者其實並不想造成災難。恐怕暫時解除結界，是為了使刃更出現破綻的一種恐嚇。不過——

……！這次連電車一起……！

即使在結界內，刃更也見到電車疾駛而來。第一次是空間錯位型的結界，而這次換成空間複製型嗎？由於結界會將其中存在的物質，都按照其張設時的情境加以複製，自然也把就要進站的特快車如實複製了。緊接著，刃更和受操縱的三人一起摔倒軌道上而痛得表情糾結時，電車已經近在眼前。於是——

「喔喔喔喔喔喔喔喔喔喔喔喔喔喔喔喔喔喔喔喔喔喔喔喔喔喔喔喔喔喔喔喔喔喔喔！」

東城刃更當機立斷，具現出布倫希爾德反握，使盡全力橫掃而出，強行將那三人打進月台下設置的緊急避難空間；至於無法直接躲避的他，則是向後斜上——順著電車行進方向蹬足跳起。

「————！」

接著半蹲似的踩在擋風玻璃上，再往上後空翻，並在縱向回轉的視野中，看見特快車從正下方幾乎是錯身地呼嘯而過。就在刃更好不容易成功迴避、再度躍入空中而鬆口氣時——

出現在月台上的無數魔法陣，同時朝刃更射出光箭。

……可惡！一開始就是打這個主意嗎……！

動作完全被猜透了。刃更正在空中上升，完全無法閃避。

因此——面對數不清的光點，刃更選擇以神速連斬迎擊。

「能打多少算多少……！」

做好部分中彈的準備後，刃更擺出迎擊架勢——

「…………咦？」

但無數光箭卻在進入布倫希爾德攻擊範圍前——冷不防被出現在刃更眼前的巨大水牆全數彈開。接著——

「——突然發現有人張開結界就過來看看，想不到居然會出這種事。」

聽見這熟悉聲音的瞬間——一陣風纏上刃更，使他在空中靜止。連忙轉身一看，一名少女就在眼前。她身穿勇者一族的戰鬥服，左手配戴使用操靈術所需的特殊護手甲。這名長相可愛，但表情有些不悅的少女是——

「胡桃……？」

沒錯，在那裡的是柚希的妹妹——精靈魔術師野中胡桃。

「真是的，明明是打贏我的人還要我來救……」

嘆著氣的胡桃手指一彈，保護了刃更的水牆應聲散成雨點灑落，淋濕月台和軌道。把護手甲的主元素由水換成風後，她向地面伸出左手，巨大的魔法陣跟著在目標處展開來。

「等一下，那些人是被操縱——」

「我看也知道啦。放心——我力道會控制好的。」

胡桃從容地回應刃更的制止，隨後無數細雷伴著空氣爆裂聲傾注車站，閃光立刻竄遍淋濕的月台。

同時也奪去了受操縱的人們的意識——瞬時將他們全數癱瘓。

6

——想不到，胡桃會用廣域型雷電魔法癱瘓那些受操縱的人。

不過多虧她露了這麼一手，善後處理確實輕鬆多了。

雖然事情是發生在結界裡，但真正令人慶幸的，是整個車站在刃更遇襲之前停了電，讓監視攝影機都失去作用。假如沒停電，儘管攝影機錄不到魔法等異能，還是能錄下結界張設前，受操縱的人們襲擊刃更的畫面。幸好沒發生那種事。

不久——襲擊刃更的人都恢復了意識，沒有一個記得自己受操縱時出了什麼事。這並沒有什麼特別的——不知魔法等異能存在的普通人，基本上都不會記得遭魔法操縱時的經過；若有需要，胡桃也帶著勇者一族專為普通人撞見其戰鬥情境時所用的遺忘香等藥品，而現在應是沒那種必要。

——然而，有件事讓人頗為在意。受操縱的人，竟然能使用魔法。

以日前佐基爾擄走澪時，受操縱的相川和榊為例來說，意識受魔法等方式操縱的人們，能暫時看見魔力的波動，也能完全發揮出其肉體原有的運動能力，但不至於能使用魔法。為防萬一，刃更請胡桃喚出精靈，檢查受操縱的人身上是否仍有魔力殘留，卻不見類似反應。由於缺乏線索，刃更和胡桃只好先離開車站。

即使還有車能搭，但若擠滿乘客的車廂裡又發生同樣狀況就慘了。

因此，刃更是請胡桃用飛行魔法送他回家。只要在周圍設下一層魔力障壁，就不怕被普通人看見了。現在——

第1章
做能為你做的事

「……這樣啊，原來是因為這陣子柚希給『村落』的定期報告。」

抱著胡桃的腰飛過夜空的刃更聽了她這次回來的原因，表示理解地這麼說。

「長老他們還是不能當做沒看見啊……」

「那當然。一次和兩個S級高階魔族打起來這種事——在大戰終結，也就是我們出生以後，一次也沒有發生過耶。」

胡桃沒好氣地說。

「雖然你們打倒了高階魔族佐基爾，讓情況暫時穩定了一點……不過未來只靠姊姊一個來監視還是太勉強，需要加派人手。」

「原來如此。」刃更喃喃地說。原本勇者一族若要對抗S級魔族，絕不會只加派胡桃一個，通常會派出整支隊伍，就像上次有高志和斯波同行那樣。只有胡桃一個來，表示——

……長老他們是想靜觀到底吧。

應該是打算完全不介入魔族為爭搶澪而引起的紛爭，在盡可能不讓澪周遭出現被害的狀況下，觀察最後會有怎樣的結果。

也就是知道牽扯上S級魔族以後判斷，只派柚希一個難以順利維持監視任務，會影響到他們的靜觀立場。

這麼一來，胡桃要不是自願接下這個任務，就是長老們為了之前柚希擅自行動，而要求野中家負責吧。無論如何——

「所以妳就來啦……幸好這樣，我剛剛才平安得救。謝啦，胡桃。」

看到她突然使出雷電魔法時，刃更還緊張了一下，但威力似乎沒有看起來那麼大。聽見刃更道謝，胡桃口氣不悅地說：

「不要搞錯喔。我來是為了姊姊，才不是來幫你或成瀨澪的呢。」

不過她臉頰卻稍微紅了起來。於是刃更回答：「好，知道啦。」笑著點點頭。

「——對了刃更，你知道有誰可能會操縱普通人來攻擊你嗎？」

「這個嘛……從妳出現以後對方就直接收手來看，感覺上不想和勇者一族有太多牽扯，可能是又有哪個魔族想來抓澪吧……」

據瀧川說，現任魔王派和穩健派都暫時不會有大動作。對方敢在這個佐基爾被殺、現任魔王派也為了防止再有人恣意妄為而加強監控的狀況下，一定是擁有相當的實力和決心——那麼，就算有胡桃在也沒什麼勝算。另外，趁刃更落單時攻擊而不是直接攻擊澪這點也頗令人在意。是打算消滅礙事的刃更，還是企圖奪取「無次元的執行」呢。

……瀧川現在，已經在回魔界的路上了吧。

由於他是為了回報現任魔王派而回去的，還是別隨便聯絡他得好。當然，若東城刃更找的不是魔族拉斯，只是想和同班同學瀧川聊個兩句，是不會有什麼問題；但在不知道他那邊有誰在聽的狀況下，不該只因為想知道魔族動向就和他聯絡。
……話雖如此，我也絕不能坐以待斃……
這次和過去不同，對方毫不留情地捲入了無辜群眾，而這是刃更最不樂見的事態之一。心理上的震撼就不說了，一旦殃及普通人，「村落」對澪的判斷難保不會從監視對象改為消滅對象。就算對方的目標是刃更，「村落」的方針會怎麼轉也一樣難說；要將勇者一族逐出的刃更視為需要保護的一般人，或視為袒護前任魔王女兒的危險分子，都隨他們高興。因此──
「總而言之，我們先回去問問看萬理亞吧，我們現在的線索實在太少了。」

7

之後過了幾分鐘──刃更帶著胡桃回到家門前。
柚希目前住在東城家，和澪跟萬理亞一起生活這件事，「村落」也知情；所以就算澪是魔族，但總歸來說還是監視對象，胡桃自然是不會無端挑起衝突。當兩人打開大門踏進玄關時──

「啊，歡迎回家呀，刃更哥～」

萬理亞離開更衣間，帶著爽朗的招呼前來迎接。這瞬間——

「——！」

背後的胡桃錯愕得抽了口氣，讓刃更「糟了」地抱頭。

因為，萬理亞又穿成整人裸體圍裙的樣子。

「喔？這不是柚希姊的妹妹嗎……這次來有何貴幹呀？」

見到萬理亞毫無防備地小步跑來，胡桃臉都白了。

「妳、妳怎麼……妳怎麼穿成這樣啊！」

「——沒有啦，胡桃，事情不是妳想的那樣。萬理亞，妳轉一圈給她看。」

「？這樣嗎？」

萬理亞跟著原地轉了一圈，結果不知為何，竟看得見側乳、腹側和兩團光溜溜的屁股；不用說，背部也是完全裸露。這讓刃更不禁愣了一會兒，然後——

「喂！妳底下怎麼沒穿衣服啊！」

「這是讓你以為我在假扮裸體圍裙，實際上真的是裸體圍裙的心理陷阱。呵呵呵，刃更哥完全中招了呢！」

妳在搞什麼鬼啊，稍微看看場面好不好。這時想當然耳——

第1章 做能為你做的事

「果、果然就是那樣嘛！妳穿成這個樣子到底想幹什麼啊！」

胡桃彷彿是忍到了極限，滿臉通紅地大叫。

「哎呀呀～？難道說，妳是第一次看人穿這樣嗎～？呵……那妳就盡量看個夠吧。這可是男人永遠的浪漫——裸體圍裙呢！」

「白痴啊妳！誰想看那種東西！」

萬理亞堂堂地雙手叉腰，不知在跩些什麼，讓胡桃忍不住破口大罵。不妙……才一回家火藥味就這麼濃，簡直一觸即發，要趕快想想辦法才行。刃更一時焦急起來——

「對了，萬理亞，柚希呢？怎麼沒聽到她跟澪的聲音呀？」

急忙這麼問。弄成這樣，只能請柚希安撫胡桃、請澪處置萬理亞了；可是都鬧得這麼大聲，她們兩個卻沒露臉。

「對喔，差點忘了。她們都在客廳等你，請快點過去吧。」

「？在客廳啊？知道了。」

為什麼呢，是有事要談嗎？刃更跟著脫下鞋子，說：

「胡桃，妳也把這當自己家，快進來吧。」

「………………打擾了。」

擺著一張臭臉的胡桃也跟著脫起鞋子。

「──啊。對了，刃更哥，請你先在這裡脫掉襪子。」

這時，萬理亞這麼說之後兩手伸來。她剛是從更衣間出來的，可能是正在洗衣服吧。雖覺得現在洗衣有點晚，但東城家的家事基本上都是萬理亞一個人打理；所以刃更也沒多說什麼，乖乖脫了襪子交給她，並打開客廳門說：

「對不起，讓妳們等這麼久──怎麼啦，有事要談嗎……話還來不及說完，刃更就僵在原地動也不動。

因為穿著內衣──性感馬甲的澪和柚希正手腳拄在地上，羞怯地抬頭看著他。頭上和臀部，還裝上了狗耳和狗尾造型的配件。

野中柚希，和成瀨澪一起扮成羞人的母狗，等待刃更回家。

──在瀧川這魔族提出忠告，希望她們不要成為刃更的累贅後。

柚希和澪默默無言地走在歸途上，不斷地想──自己要怎麼在陪伴他的同時，還要成為足以能幫助他的力量。當然，事情就像瀧川說的那樣，增強實力是最為重要。在佐基爾的屋宅和潔絲特交戰時，柚希和澪聯手出擊後，就時常私底下嘗試兩人合力戰鬥的可能，而未來勢必需要更多實戰性的修行或鍛鍊。不過──光只是這樣還不夠。能做的事，都要盡可能地做到。

得到共識的柚希和澪經過討論後，決定要讓自己更屈服於刃更。在這個因主從契約魔法而成為刃更的屬下、愈加深彼此信賴和情感就愈能加強戰鬥力的狀況下，自己能為刃更做的就是如此。

所以一回到家，兩人就和萬理亞商量，要怎麼讓自己更強——更進一步地服從刃更。於是萬理亞就應其要求，讓柚希和澪穿上了這身性感馬甲、狗耳和狗尾巴。

接著——在刃更回家之前，萬理亞還對她們做了番徹底的調教。

怎麼爬才美、怎麼搖屁股才會讓男人興奮、怎麼舔才夠淫蕩等等。

除了這些舉止上的教學，萬理亞還徹底地讓她們明白到，能夠服從刃更是多麼幸福的一件事。就這樣——柚希和澪都成了服從刃更的母狗。因此——

「對不起，讓妳們等這麼久——」

刃更踏進客廳的瞬間，柚希的心頓時充滿了無上的愉悅。

……主人……

柚希拚命壓抑想衝上去討摸的衝動。絕不能像一般家犬那樣沒規沒矩，自己是為了主人——為了刃更而接受調教、成為母狗的。

「！……妳們……？」

刃更見狀驚訝地喊了她們，一聽──

「────────」

柚希和澪保持手腳著地的姿勢，慢慢爬向刃更。一使出為刃更而學習的腰法下流地扭動屁股，外加的狗尾巴就在大腿和臀部上搔來搔去，舒服得令人發顫。

來到刃更腳邊後，柚希先跟澪一起抬頭注視刃更。

……啊……

真是絕對性的差距。刃更的臉，位在平時身高差距完全不能比的高度。這個角度讓柚希深深明白，現在成為母狗的自己和主人刃更是怎樣的關係──接著和澪一起一左一右地用頭蹭起刃更的膝蓋，心想──

……這樣一來，從今以後……

只要戴上這些人造的耳朵和尾巴，自己和澪隨時都能變成真正的母狗。

天啊……愉悅得下意識地搖晃起來的臀部，動作不由自主地愈來愈低級。

發現自己已成為不折不扣的母狗後，柚希和澪兩人對看一眼，然後慢慢低下頭──

「………………」

同時舔舐刃更的腳板。這個行為，正式將野中柚希和成瀨澪「兩人」，轉變成了「兩隻」母狗。被滿嘴濃稠唾液浸得濕答答的舌頭，將刃更足部的質感、溫度及其滋味，都充分地傳達給柚希。因此——

「！———」

野中柚希感到臀部不禁一陣顫動，甘甜的感覺隨後竄遍全身，鼓升她的體溫。光是舔刃更的腳，就讓她輕微高潮了。

當一旁的澪也同樣地渾身一顫時——一團光暈包圍他們三人。

主從契約認同她們更進一步地屈服於刃更，提昇了所有人的戰鬥力。

主人刃更獲得強化，自己的戰力也成功地提昇。

表示刃更遭遇性命危險的可能性又降低了幾分。所以——、

感到自己戰鬥力提昇的成瀨澪，同時有種令她顫抖的成就感。

……天啊，我竟然還能這麼屈服……

——原本，她是想把自己的一切都獻給刃更。不過佐基爾創造出的潔絲特，就是因為保有魔族間少有的處女之身而擁有強大的力量；同理，澪現在還不能和刃更發生性行為。

那是因為……

潔絲特返回魔界前曾說，澪所繼承的威爾貝特的力量，可能是他死前為保護孩子而過繼

給她的；澪失身的瞬間，那力量很可能會將澪認定為成人，放棄了過去需要父親保護的立場而導致她所繼承的威爾貝特的力量就此消失。

另外據柚希所說，勇者一族的女性也有同樣現象。被寄宿於靈刀的精靈「咲耶」選為使用者的她，其實就像神道教的「巫女」一樣；一旦發生性行為而失去貞操，就等於喪失巫女資格，會失去大半力量。而男性，是種即使擁有家庭也必須出外戰鬥的生物，是不是處子似乎並不重要；可是柚希的母親等人產子後，幾乎都無法再使用原有的力量。

像這般強大的力量，若在放棄的方式或時機上有所錯誤，將會造成嚴重後果。在現任魔王派和穩健派爭鬥不休的現在，絕不能只因一時衝動而失去力量，成為刃更的累贅。

唯一和刃更發生性行為而不會失去力量的，或許只有夢魔萬理亞。不過她化為成體的能力，似乎是利用魔法鑰變身為成人，以獲得強大的力量；發生性行為就等同從此進入了成人狀態，可能再也無法用魔法鑰變身。

——但反過來說，只要不奪走她們的貞操，要做什麼都可以。

所以澪和柚希這次就收起了羞恥心，決定變成母狗。

為了盡可能加強對刃更的屈服，增加整體的力量。這時——

「喂喂喂，妳們兩個……已經夠了吧！」

刃更應該也明白澪她們為何會有此舉動，才會這樣說吧。但儘管刃更七手八腳地制止，澪還是不停舔著他的腳，身旁的柚希也陶醉地吸吮著他的腳趾。讓舌頭爬遍每個角落、吸得滋滋作響的柚希，樣子淫蕩得驚人。

真不想輸給她。於是，澪也對眼前刃更的腳趾伸出舌頭——

……咦？

卻看見刃更腳後有一雙陌生的腳。那不是萬理亞，在學狗怎麼爬時，已經看過她的腳很多次。那麼會是誰呢？澪疑惑地抬頭一看——

「————」

發現那雙腳是屬於某個曾經見過的少女。

而且澪的眼睛，還和那名少女——渾身僵硬地看著她的野中胡桃完全對上了眼。這讓澪想起自己成為母狗的決心，只限於在刃更、萬理亞和柚希面前有效——

「！————呀啊啊啊啊啊啊啊啊啊啊啊啊啊啊啊啊啊啊啊！」

並帶著淒厲的尖叫聲，從母狗變回了人類。

扮成狗的澪當場拔腿就跑，關在自己房間裡死也不出來。

「！……喂，現在是什麼情況，快給我解釋清楚！」

之後，刃更等人被抱胸挺立的胡桃光火地訓了一頓。自右依序是柚希、刃更和萬理亞，三個人乖乖跪坐成一排。

……也難怪她會這麼生氣啦。

就連知道是怎麼回事的刃更，也是在見到戰鬥力提昇的光暈後，才明白澪和柚希為何要做這種事。所以，刃更先對主從契約魔法做個大致的介紹，然後一五一十地說明自己幾個是出於怎樣的必要而結下這樣的關係。

具有魔法知識的胡桃雖不能接受事實，但不至於無法理解，問：

「也就是說——之前那些都是妳為了加深和刃更的主從關係、提昇戰鬥力？」

「……對。因為我和澪扮成母狗，表現對刃更的屈服，所以我們又一起強化了。」

刃更身旁的柚希，將她扮成這樣的原因說了出來。從一開始，向胡桃解釋的工作就由柚希一人擔下，刃更和萬理亞則保持緘默。這是因為考慮到胡桃的個性，所以刃更和萬理亞最好都不要開口，讓她的姊姊柚希負責說明緣由。可是——

「妳、妳等一下。『又』是什麼意思？……難道妳以前也做過這種事？」

柚希對錯愕的胡桃點點頭說：

「這是我第二次強化。第一次是發生在結主從契約，刃更讓陷入催淫狀態的我充分屈服的時候。」

咦……請柚希解釋該不會是種錯誤吧？胡桃的憤怒值仍明顯地不斷上升。果不其然，聽了這些話的胡桃火冒三丈地說：

「！——你們兩個到底在想什麼啊！怎麼能為了變強就用魔族的魔法呢……要是『咲耶』拒絕讓妳使用怎麼辦！」

「呃，這個嘛——」

「啊，至於這點就不用擔心了。」

刃更還不知該怎麼解釋時，萬理亞從旁插嘴說：

「靈刀選柚希姊為使用者，是她小時候和刃更哥分開以後的事吧？所以，靈刀是看出柚希姊心裡擁有想保護刃更哥的強烈意念才挑選她、把力量借給她的。現在柚希姊只是為了幫助刃更哥才連結彼此的靈魂，所以靈刀基本上是不會這樣就拒絕她的。」

「！……就算不會，但你們這樣……也太奇怪了吧！」

萬理亞兩眼一瞇，對紅著臉大叫的胡桃說：

「哪裡奇怪？如果柚希姊沒和刃更哥結主從契約，我們很可能早就死在之前那一戰裡了。我們的對手佐基爾，是你們分為S級的高階魔族，力量就是那麼強大；妳這樣以自尊為優先的想法，是寧願柚希姊和刃更哥去送死嗎？」

萬理亞換口氣，繼續說：

「明明知道柚希姊的心意，卻只派她一個人回來監視澪大人——不給她任何支援，你們該不會是真的希望她去死吧？」

「這個……！」

見到胡桃露出心痛表情——

「萬理亞……給不給支援是長老的判斷，不可以怪到胡桃身上。」

刃更說道：

「而且——我也說過我回家路上發生什麼事吧。我被人攻擊的時候，是胡桃救了我；那和『村落』要她協助柚希進行監視任務無關，是她主動好心救我。」

所以妳也不要太責怪她了，畢竟——

「連我也在進客廳的時候嚇了一大跳……不知道原因的胡桃能鎮定才奇怪吧。」

聽見刃更幫忙緩頰，胡桃的態度也有些軟化。可是——

「啊啊，原來是這麼回事啊。其實就只是，我們做的事，對完全沒有這方面知識也不懂男歡女愛的小朋友來說刺激太強，她只是為了遮羞才對我們發脾氣啊……」

萬理亞的挑釁發言，卻再度燃起了幾乎熄火的氣氛。

「別、別當我是小孩子……明年我就是高中生了耶！」

「啊哈哈，我說的跟年紀無關喔？我是說妳，心態還像個小鬼一樣。真是的，跟成熟的柚希姊怎麼差這麼多啊……實在不像是姊妹呢。」

「！……我哪像小鬼啊！再說，我發育得比姊姊還早，早就很成熟了啦！女生的那一天也是我比較早來耶！」

「——」

奇怪，剛剛柚希是不是抖了一下？這時——

「喔喔……比柚希姊還成熟啊？既然敢這麼說，就讓我實際見識見識吧。」

「見、見識什麼啊……誰理妳。」

「哎～呀～妳沒自信啊？唉唉唉，那我看妳早點死心算了。都市是成熟女性住的地方，小孩子還是早點回『村落』那種窮鄉僻壞多練幾年吧。」

「誰沒有自信啊！好哇，是真是假，我就證明給妳看！」

刃更傻眼地看著胡桃大吼大叫。整個上鉤了呢。

「喂喂，胡桃——」

「！——刃更你別吵！」

野中胡桃強橫地打斷刃更的制止。

……來就來啊，誰怕誰啊……！

勇者一族怎麼能因為這種小事就讓魔族看笑話呢。就算完全沒有男性經驗，之前和刃更幾個戰鬥、回到「村落」後——胡桃的身體開始產生變化。這五年來，胡桃心裡也有某一部分的時間，隨那場悲劇而凍結。當她知道刃更也和自己一樣——不，比自己更為煎熬後，因不再思念刃更而不再與時間並進的心靈與身體，也跟著冰釋了。

所以，最近「村落」那些和她比較親暱的阿姨嬸嬸都說她「突然成熟很多」、「說不定比柚希更有女人味」之類的。

「來，愛怎麼檢查都隨便妳。」

「那我就不客氣啦——」

萬理亞站了起來，先來到柚希身邊說聲：「冒犯了。」隔著馬甲摸起她的左胸，並閉上眼睛仔細感受形狀大小；接著來到胡桃面前睜大眼睛注視——不過看的不是胸部，是眼睛。

「妳、妳幹麼……？」

以為要比較胸部尺寸的胡桃不禁疑惑地問。

這時，眼前的萬理亞眼中浮現魔法陣——

「…………咦？」

下個瞬間，胡桃發現自己已經一屁股跌坐到地上。這是怎麼回事——剛這麼想，一股猛烈的甘甜痠麻隨著炙烈熱流從下腹部深處奔流而上。

那是——野中胡桃從未體驗過的驚人快感。

「！……呀啊啊！這、這是怎樣……嗯嗚！妳……妳對我做了什麼！」

「沒什麼，只是稍微用夢魔的洗禮讓妳陷入催淫狀態而已。」

「妳……不是只要檢查胸部大小嗎……啊啊！」

紅著臉的胡桃抬起濕濡的眼問來，萬理亞跟著眉也不挑一下地說：

「怎麼會呢？我想看的，是胡桃比柚希姊更接近成熟女性的一面；所以我要檢查的，當然是妳能不能比柚希姊更淫蕩啊……來吧，刃更哥，快來檢查胡桃是不是真的比柚希姊更成熟吧。」

「為、為什麼是我……？」

「什麼為什麼……胡桃說她要證明自己比柚希姊更成熟，如果不找相同的人來測試，不是對她很不公平嗎？」

突如其來的指名使刃更一時亂了手腳，而萬理亞仍理所當然似的說：

「雖然今晚不是滿月，不能結主從契約；但我可以把她催淫狀態的程度和解除方法，設定成和別人一樣。我剛剛摸胡桃的胸部不是為了檢查大小，而是為了配合她身體對性快感的敏感度來調整夢魔洗禮的強度，好讓胡桃得到相同程度的快感。一下子就從柚希姊現在的催淫強度開始，初學者基本上是受不了的，不過嘛——」

萬理亞擺出惡魔般的笑容對胡桃說：

「既然胡桃比柚希姊還成熟，這點程度應該還不夠看，連塞牙縫都不夠吧？」

「妳、妳怎麼……啊、這樣子啊……！」

嬌喘著說話的胡桃，聽見了刃更的嘆息。接著——

「催淫的解除方法也和柚希一樣，就表示……我要讓她屈服才會解除吧？」

「是的——可是刃更哥，也請柚希姊一起幫忙吧。妹妹自稱比較成熟，做姊姊的一定不會服氣的……對吧，柚希姊？」

「…………那當然。」

聽了萬理亞的話，柚希倏地站起，走向胡桃。

不知何時，她頸子已浮現出項圈狀的斑紋。是因為胡桃的發言和刃更即將對她做的事引起柚希嫉妒，進而觸發了主從契約的詛咒吧。

半陷入催淫狀態的柚希繞到胡桃背後，說：

「做妹妹的還這麼沒大沒小……我現在就讓妳知道誰比較成熟。」

「呀！……姊姊？」

話一說完，柚希就動手脫起胡桃的衣服。雖嘗試抵抗，高漲的甘甜感覺卻讓胡桃使不上

第1章
做能為你做的事

力氣，轉眼間就脫得只剩內衣。

「快吧，刃更……一起來看看咱和胡桃誰才是成熟的女人。」

「！……不要這樣啦……呀！——呼啊啊啊啊！」

儘管還有抵抗的意識，愈來愈強的甘甜感覺卻讓她只有扭動的份。

「別擔心，胡桃……我們很快就會讓妳解脫的。」

刃更這麼說後手一伸，就隔著內衣托起胡桃的胸部。這瞬間——

「————」

那甘甜的感覺霎時爆發，告訴野中胡桃高潮是什麼樣的反應、是怎麼樣的滋味。

從此之後——她再也無法相信接下來發生的全是事實。

刃更和柚希，兩人聯手將胡桃的一切都檢查了一遍。萬理亞的洗禮，使胡桃全身都敏感得嚇人；即使隔著內衣，對胸臀的猛烈搓揉還是讓她高潮了好幾遍，腦裡很快就一片混亂——在兩人剝去了她的內衣、直接愛撫起胸部後，就連感覺害羞的能力也失去了。接著——

「呀！……哈啊……刃更、哥哥……呀……嗯！……啊啊……！」

「嗯……刃更……不要只弄胡桃，咱也要嘛……！」

刃更對胡桃的愛撫，使得柚希加深嫉妒而觸發主從契約的詛咒，讓柚希和刃更交纏起彼此肢體。胡桃看著姊姊如此淫蕩的樣子，忽然想起幼時三人一起玩耍的情境；不知不覺，也開始從三人交歡的過程中感到喜悅——

「胡桃，兩手抱到頭上……」

「！……嗯、這樣……？」

跨坐到仰躺下來的刃更腰上後，胡桃在刃更將手伸入她快感滿溢的內褲裡直接搓揉臀部的同時，聽從了姊姊的要求。隨後，柚希從背後揉起胡桃那對變得和她一樣敏感的胸部，並伸舌碰觸她的右腋，這瞬間——

「！——呀啊啊啊啊啊啊！呀啊！姊姊……那裡、不要……！」

「真可愛的腋下……嗯……滋滋。」

當胡桃因前所未有的強烈高潮而瘋狂抖動時，柚希彷彿很滿足於這個反應般開始來回舐她的腋下，胡桃跟著想避開從腋下流遍全身的快感似的用力扭腰；而揉著她臀部的刃更接著坐起，一口吸起胡桃的胸部——

「呀！……刃更哥哥……你怎麼又、啊……嗯、啊啊！——呀啊啊啊啊啊！」

已經被吸了無數次的胸部尖端已變得十分敏感——讓胡桃嬌喘著呼喊刃更，在他的腰上高潮得用力一抖。一旁舉著攝影機的萬理亞跟著說：

「墮入快感之中的勇者姊妹……哎呀，真是美妙的畫面啊。大飽眼福喔！」

「…………我說萬理亞啊，只要讓胡桃屈服就真的能解除催淫狀態嗎？」

刃更一邊對胡桃給予快感，一邊對興奮的幼小夢魔這麼問。

「平常解除澪和柚希的詛咒，也不需要這麼久啊。」

「啊啊……我想這大概是因為胡桃的弱點不是胸部或屁股吧。不過呢，看剛剛柚希姊造成的反應，我想應該是——」

「…………這樣子啊。」

「？刃更哥哥，你要……——呀、呀啊！」

胡桃被迫改變姿勢躺在地上，刃更跟著逼了上來。

「柚希……幫我把胡桃的手壓好。」

「嗯……知道了。」

柚希抓住胡桃兩邊手腕，然後直接拉到頭上。接著行動受制的胡桃，見到刃更直視著她並輕撫她的臉頰——

……啊……

在看見刃更眼中的柔情和決心後，野中胡桃明白了。

直覺告訴她——自己將從此對刃更更加地屈服。接著——

「——我來囉，胡桃。」

刃更的話讓胡桃緊張得吞下口水，不過——

「嗯……讓胡桃屈服吧，刃更哥哥。」

聽見胡桃以兒時語氣這麼說，刃更立刻把嘴湊上她毫無防備的腋下。

「！——————」

下一刻襲來的另一層次的高潮，瞬時以快感淹沒了野中胡桃的意識。

東城刃更目擊了胡桃全身顫抖著昏迷的瞬間。

嘗到足以沖散意識的女性高潮，胡桃表情是既快樂又陶醉。

儘管如此，她的呼吸依然平穩，這讓刃更放心地吁口氣。

「謝謝，刃更……再來就交給咱吧。」

刃更讓胡桃屈服後，柚希的嫉妒似乎也因此平息，催淫詛咒也消退了。目送柚希將胡桃抱進自己房間後——

「——萬理亞，妳在想什麼啊？」

刃更在只剩兩人的客廳內，以些許責難的眼神瞪了萬理亞一眼。

「我和胡桃又沒有結主從契約……有需要這樣子嗎？」

萬理亞聽了苦笑著說：

「對不起啦……可是，既然胡桃是來幫柚希姊的，就等於以後要住在這個家吧？所以我想，早點讓她知道刃更哥你們的主從契約是怎樣的東西比較好。如果她能像柚希姊一樣接受得那麼乾脆，事情就很簡單……不過她看到我們那樣的反應果然很激烈。」

「呃，有那種反應很正常吧……」

「這個嘛……胡桃嚇了一大跳然後反射性地抗拒，的確像刃更哥說的一樣是正常反應沒錯；但是我看得出來，她其實也很想找個台階下。所以我當下認為，用強硬手段讓她也加入我們會比較好。我不是想要學迅叔叔啦，可是這樣就能讓胡桃把我當壞人，當做都是被我慫恿，接受你們的選擇了。」

「或許這樣是行得通啦……」

聽了萬理亞的用意，刃更表情凝重地說：

「既然要這樣，也不需要自己全攬下來吧。很遺憾，現在的我們需要主從契約的幫助，這是我們所有人的當前課題啊。難道說……妳覺得自己有可能會被遣返回魔界，正好適合背黑鍋嗎？」

「怎麼會，我才沒那種想法……只是，我也有一個姊姊嘛。」

萬理亞說道：

「就像魔界派人來接我媽媽的時候我說明過的那樣，我姊姊是穩健派現任首領拉姆薩斯

第1章

做能為你做的事

大人的屬下；她個性嚴謹，一定不會原諒我為了佐基爾做的那些行動……所以至少，我希望柚希姊和胡桃這對姊妹的感情可以一直好下去。」

「……………………」

「還真的咧，開玩笑的啦。我只是單純順從夢魔的本能——」

這時，刃更用力抱住了強顏歡笑的萬理亞。在他的懷裡——

「……討厭啦，刃更哥真是蘿莉控耶。」

那幼小的夢魔吃吃笑著說道。

「哪有……我只是疼妳而已。」

這麼說之後，東城刃更更用力地擁抱她嬌小的身體。

萬理亞跟著「哎呦～」地欣然微笑，也緊緊地回抱刃更。

在沒有其他人的客廳裡——刃更和萬理亞就這麼靜靜相擁著。

第2章 夾在漸深的友情與謎團間

1

「……真是的。看來，我們被沖得還真遠。」

東城迅在陰暗的洞窟裡嘆息道。

——與雷歐哈特交戰時，為了救助一名少年兵而抱著他落入王宮的護城河後。

由於浮出水面可能會遭受箭矢或魔法攻擊，迅決定直接離開現場。他在水中掄拳，把岩壁轟出一個通往護城河水源——地底河洞窟的突破口；可是護城河和洞窟突然相連所造成的激烈水流卻吞噬了迅和少年兵，一下子就把他們沖進地底河深處。

「不過呢，就這麼往下游去或許正合我意……」

儘管被沖了一大段距離，迅仍未失去方向感。就魔王城周邊地形來看，只要沿著水流持續前進，應該能在南方的暗黑海一帶重見天日。因此——

「——這樣可以吧，菲歐？」

第2章
夾在漸深的友情與謎團間

東城迅向火堆另一側問話，一道似乎不太情願的聲音跟著回答：

「隨便你……有需要問我嗎？」

那是迅在王宮救來的少年兵。為防著涼，迅脫下了菲歐身上的輕型甲冑和衣服，再把大衣借給他披。見到他的反應，迅在心中苦笑——

……他情緒應該安定一點了吧。

畢竟菲歐醒來時，一見到迅就拔劍殺了過來。這少年兵小小年紀就能當上王宮衛兵，身手果然不差，但仍不是迅的對手；被迅奪劍表明雙方實力差距後，就放棄了抵抗。只不過迅脫下菲歐那身濕甲濕衣時動作粗魯得像是硬扒——讓他反應得比一開始更誇張，還大罵「變態」就是了。

此後菲歐一直保持高度戒心，被迅問名字等問題時，話也都說得喃喃地不太情願，但能回答的都還是老實地回答了。

迅從任職王宮衛兵的菲歐口中問到的，是一些僅限於宮中人士才知道的第一手消息。

當然，像菲歐這樣的一介士兵是不會知道政治方面的情報，就算知道也不會說吧。不過，他仍回答了宮裡的氣氛、菲歐自己和其他同僚對雷歐哈特如何敬愛——也順口對樞機院內不滿雷歐哈特坐上王位的反對勢力批評了幾句。

然而……

根據迅潛入王宮時，偷聽其他士兵對話而得知，最近魔族正在探掘一個西域的古代魔神戰爭時代遺跡。若能發現沉睡的英靈，並使之甦醒投入實戰，與穩健派的紛爭可能沒多久就要宣告終結了。

……有點不妙耶。

事態正逐漸偏向不利的那一側。再這麼下去，說不定連目前人類與魔族的休戰狀態都會跟著瓦解。解決方法當然是有，不過──

……好啦，要怎麼搞才能讓一切都順順利利呢？

在迅配合現況加深思慮時──

「…………那個，可以回答我一個問題嗎？你是迅．東城沒錯吧？就是在大戰那時候打得天翻地覆的，勇者一族的戰神嘛？像你這樣的人跑來殺雷歐哈特陛下──表示勇者一族又要和我們開戰了嗎？」

這是個滿懷不安的問題。十六年前大戰結束，和平盛世跟著降臨魔界；但在一年前前任魔王威爾貝特過世後，魔界又開始各分勢力、彼此殺伐。然而無疑地，菲歐在這樣的情況下，還是深信一旦現任魔王派和穩健派的紛爭結束後，魔界就能重拾和平；可是迅潛入王城、和雷歐哈特大打出手，才會讓他感到終戰那天彷彿又變得遙遙無期而滿懷不安吧。因此──

「別擔心……我來魔界完全是我自己一個人的行動，潛入王城也只是順便而已，其他勇者不會打過來啦。」

「和陛下戰鬥被你說成順便……那你來魔界到底是想做什麼啊？」

東城迅對驚訝得睜大眼睛的菲歐笑著說：

「啊啊，這個嘛——我是來找和我分居的那口子的。」

第②章 夾在漸深的友情與謎團間

2

意外地連胡桃也屈服了的翌日早晨。

東城家的人們在準備早餐之餘，討論起某個話題。

就是因為昨晚回家後突然忙得亂七八糟而沒機會提起的，刃更在車站遇襲的經過。

「說起來還真是奇怪……」

在廚房做早餐的萬理亞困惑地歪了歪頭。她單手將雞蛋敲進大碗裡，加入牛奶和鮮奶油用筷子熟練地攪拌，並說：

「現任魔王派那邊，應該早就發現我們和穩健派有接觸了。拉斯哥說他會隱瞞刃更哥你的能力，他還在人界的時候，也向他們報告過佐基爾企圖抓走澪大人的事；所以上面應該會警告底下不准輕舉妄動，暫時不會有魔族隨便接近澪大人才對啊。」

「……應該吧。」

萬理亞身旁的刃更一面製作沙拉醬料一面表示同意，並按照她提供的配方，將數種酒醋和橄欖油混在一起。

「就算他們不是團結一致，我也不認為會有誰傻到挑這種時候襲擊你。不過呢，既然有佐基爾這樣的異類在，我也不敢保證絕對不會再有誰做一樣的事就是了。」

「……那麼，會不會是穩健派做的啊？」

提出別種可能的，是正在餐桌邊擺餐具的澪。

「我們不是拒絕把萬理亞交給他們嗎？穩健派也沒有多團結，會有誰看我們不順眼也很正常吧？」

澪的語氣裡，帶了些掩藏不住的憂慮。她從昨晚就是這個樣子，看來她是察覺到危險的不只是自己，也轉移到刃更身上了吧。

「可是，我們打倒了高階魔族佐基爾，讓穩健派對我們的實力評價很高；再說澪大人又是威爾貝特陛下獨一無二的遺孤，應該不會有誰在這時候跑來找刃更哥的麻煩，隨便賠掉澪大人的信任……」

第2章
夾在漸深的友情與謎團間

萬理亞說到這裡時，柚希開門進了客廳。

「……怎麼樣？」

聽了這詢問情況的話，去叫胡桃的柚希搖搖頭說：

「她包在被子裡不出來，說不想吃早餐。」

「哎呀，這怎麼行呢？早餐是一天的活力泉源，像胡桃這樣正在發育的女孩，一天三餐裡最重要的就是早餐啊。」

「拜託喔……那怎麼想都是妳的錯好不好，還說這種話……」

嘆著氣這麼說的澪，雙頰忽然轉紅。她似乎是想起自己變成母狗時的狂亂舉止，下意識地輕抱自己的身體；柚希也微微紅了臉，用熱情的眼神注視刃更。此舉讓刃更不禁暗喊糟糕並輕咳一聲說：

「總、總而言之……無論是哪種可能，這次的襲擊都是某個人物專斷獨行的結果吧。」

「是的。另外，對方的目的也頗讓人費解。從胡桃一出現，對方就立刻解開結界撤退看來，也有可能只是一種警告。」

「警告啊……」

「——萬理亞，我有問題。」

在刃更反芻似的呢喃後，柚希來到中島式廚房前說：

「我想請妳告訴我，有沒有聽說過哪個魔族不只能操縱普通人的意識，還能讓他們使用魔法。我過去交戰過的魔族中，能做到這種事的一個也沒有。」

「嗯～我也沒什麼印象耶……」

萬理亞苦惱地說：

「高階魔族可以把人變成自己的眷屬再分魔力給他們，但那會長久保留，不是一時性的……有沒有變通的方法我就不知道了。」

「…………這樣啊。」

柚希輕聲這麼說之後就若有所思地不說一句話，刃更見狀——

「這次的事，有可能會驚動『村落』嗎？」

「……我想是不至於。現狀看來，出於魔族之手的可能性很高，所以應該會像之前旁觀魔族爭搶澪那樣，繼續旁觀下去。」

柚希接著說聲「只是」繼續說道：

「無關的普通人被操縱，已經給『村落』足夠的理由插手介入了。這次胡桃一個人就處理掉，又沒有人受傷，再考慮到那可能只是警告，大概只會指示我跟胡桃要提高警覺吧。不過——」

「——假如普通人有所傷亡，『村落』就會立刻展開行動吧。」

第 2 章
夾在漸深的友情與謎團間

「村落」的行動若能像柚希或胡桃這樣以協助為目的，自然是不會有任何問題，而且是一大幫助；但他們過去曾將澪視為消滅目標，就算這次遇襲的是刃更，也可能把原因歸咎到澪身上。無論是為了澪還是柚希、胡桃她們，都應該要避免這種事的發生。

又說不定——對方就是衝著這一點而來的。這麼一來——

「為了安全起見，暫時還是盡量不要去學校好了……」

這次的敵人並不顧忌於捲入無辜平民，在像學校那樣到處都是老師學生的地方，很可能又會殃及周遭。可是——

「不可以……在對方目的還不明確的狀況下，我覺得刃更哥你們還是照樣天天上學比較好。假如昨晚襲擊你的是魔族——就可能是來自穩健派或現任魔王派以外的第三勢力。」

萬理亞說道：

「他們不希望穩健派和現任魔王派的勢力繼續增長，無論是現任魔王派得到威爾貝特陛下的力量，還是穩健派接回澪大人，他們都會極力避免。為了達成這個目的，殺掉澪大人就是最快最確實的手段。但是，直接下手無非就是和魔界兩大勢力同時宣戰——」

「所以只在我身邊造成普通人傷亡，借勇者一族的刀解決澪嗎？」

「不會吧……」

刃更順萬理亞的解釋所作的推測，使澪愕然低語。

「當然，那只是一種可能而已。昨晚遇襲的是刃更哥，不是澪大人；而且若要傷害一般人，那時候就能動手了。只是——」

萬理亞又說：

「我們目前還是不清楚對方的目的，應該要考量各種可能，採取必須的行動。假如對方要的真的是澪大人的命，最有效的就是從和澪大人有直接關連的學校相關人士下手；如果昨晚的襲擊，是企圖引誘刃更哥你們擔心捲入周圍的一般人而留在這個家裡不去學校，反而會讓對方更容易設陷阱。」

而且，假如學校還是出事了，自己也無法在第一時間作處理。

所以倒不如保持原有行動，同時探查對方的目的。

「……知道了。知道對方想做什麼之前，我們就盡量保持正常生活吧。」

刃更跟著補了個「只是」。為了不危害周遭而語氣鏗然地說：

「在學校，我們要比之前更小心謹慎，放學後一定要一起回家——知道嗎？」

這話沒有引起任何異議，所有人都確實地點了頭。

第 2 章
夾在漸深的友情與謎團間

結果——對方似乎也跟著刃更等人提高戒備而收手，再也沒發生襲擊事件。

由於例行課業外又多了運動會執行委員會的工作，三人這些日子都忙得喘不過氣，彷彿車站的襲擊事件從未發生過似的。

——然而，東城刃更並沒有鬆懈。

因為從那天以來，他總是覺得有人在監視他。現在——

……又在看我了。

兩班合上的體育課中，當男同學們在操場上列隊時，東城刃更又感到了那道暗中射向他的視線，身體微微緊張起來。那不是之前柚希、瀧川對澪，或潔絲特對刃更等人所做的那種，會盡量避免對方察覺的監視；那不知哪來的視線，就像刻意要刃更發覺般，強調著自身的存在。當然，刃更也曾試著追隨那感覺找尋對方，但那道視線總是不留一點殘跡，至今仍查不出身分。

拿這視線沒辦法的日子，就這麼一天天持續著——不過，刃更不是毫無收獲。

——第一，對方的目標應是刃更沒錯。從感到視線的只有刃更來判斷，對方想要的不像過去那樣是繼承威爾貝特的力量的澪，不太可能是企圖要取澪性命的魔界第三勢力。

而且……

第二——對方是聖坂學園相關人士的可能性極高。因為刃更總是在校內，且處於易受周邊他人注視而不能採取行動的狀況下才會感到視線。為了避免危害無辜群眾，刃更等人一直對是否有人侵入校園抱持高度警戒，但那視線還是深入了自己的周遭。由此可見，對方應該本來就是這學校的一分子。可是——

……真的會有這種事嗎？

在學校，已有為監視澪而潛入的柚希和瀧川，他們也時常探查周遭，注意是否有威脅存在。當然，就像先潛入學校的瀧川沒被柚希識破一樣，若先來的強過後來的，在隱蔽身分上占有相當優勢。假如對方能力高到，就連能夠設計高階魔族佐基爾的瀧川也看不出來——真不敢想像那會是什麼情況。考慮到刃更之後沒有任何轉學生進來，對方不是在刃更幾個出現前就已經在校，就是後來偽裝成某人混進來的。

——只不過，對方如此強調自己的存在感，必然會引起刃更的警戒；這麼一來，就不像是想奪取刃更的性命或「無次元的執行」。所以——就像萬理亞所說的，把車站的襲擊事件視為警告，而現在這視線也是警告的延續，應該比較妥當。

然而不管怎麼想，對方即使在校內也如此執拗地釋放視線和存在感，不會只是為了警告，一定還有別的意思。難道是在表示只要他有心，隨時又能殃及無辜的群眾——而這一次，是學生和教師？

「……………！」

不管那是誰，都實在太下流了……在體育老師點名途中，刃更緊緊咬牙。如果只是挑釁，這麼做也真夠差勁。對方應該是知道，要讓刃更難過最有效的方法就是讓無辜群眾受害吧。不過——絕不能讓他這麼做。

從關於澪和萬理亞的魔族情勢，以及勇者一族繼柚希之後派出胡桃的作法來看，一旦在這時候引發無法補救的事態，自己將頓時深陷困境之中。當刃更握緊拳頭時，那視線就彷彿嘲笑他的急切般忽然消失，讓刃更跟著放鬆力氣嘆了口氣。

「好，接下來就兩人一組做伸展操。」

體育老師點完名後一聲令下，學生們陸續和各自搭檔做起伸展操，只有東城刃更孤零零地站在原地。會出現這麼淒涼的畫面，是因為他平時的搭檔——瀧川八尋現在回魔界去了。現在已經是第二學期後半，同學們都有體育課需要兩人一組時的固定搭檔；暑假過後才轉來這學校的刃更，是不可能只因為瀧川不在就能隨便拉個人來代替的。

沒辦法——今天只好也找老師當搭檔了。但在那之前——

「那、那個，東城同學……」

刃更轉向那壓低音量的呼喚一看，發現天使降臨在他眼前——不對。儘管對方長相可愛身材纖瘦，穿上體育服後簡直跟女生沒兩樣，不過——

「…………你是橘吧。抱歉。」

「咦？……為、為什麼要道歉啊？」

刃更「呃……」地搔著臉，回答疑惑地走來的橘說：

「雖然我們在執行委員會天天都會見面，但我是第一次看你穿體育服——一下子認不出來。」

「啊，這也是難怪啦。那個，我這樣……好看嗎？」

橘扭捏地弄著手抬眼看來，讓刃更不禁抽了口氣。

……呃，我在緊張什麼啊……？

我不是變態喔，誰教離這麼近看，橘的美少女氣息真的凶猛嘛。羞怯清純又可愛，全部加起來根本就是完美的日本傳統女性啊。於是——

「嗯，真的很可愛……不對，很好看喔，橘。」

糟糕，精神一不小心凌駕肉體了。結果，橘仍開心地回答：

「嘿嘿嘿……謝謝。其、其實啊，東城同學穿這樣也很帥喔。」

「真、真的嗎？」

謝啦，好久沒被女生這樣稱讚——雖然他不是女生就是了。

「話說……原來你是A班的啊？」

第②章
夾在漸深的友情與謎團間

A班在刃更的B班隔壁，兩班總是一起上體育課。

……奇怪？那怎麼……

刃更之前從未在體育課上見過橘。大多數人不會只因為一起上上體育課，就記熟隔壁班所有男同學的長相吧，但刃更不同。小時候——仍在勇者一族的「村落」時，刃更就受過嚴格訓練，養成對長相過目不忘的能力。所以在刃更眼中，橘在運動會執行委員會上找上他那時，是兩人第一次見面，應該沒一起上過體育課才對。見到刃更不解地皺眉——

「啊，其實我……從小身體就不好，暑假的時候，狀況又稍微變差了一點，開學以後都沒上過體育課。所以——」

所以，到現在才和刃更在課上見面——橘帶著寂寞的笑容這麼說。

刃更看了看他細瘦的身體和真的白得近乎透明的皮膚，回答：

「…………這樣啊。」

刃更這才明白，為何體育老師過去點名時都沒喊過橘。

明知他無法上課還刻意點他的名，就等於一再提醒學生「橘沒來」吧。沒讓他在一旁見習，也可能是因為次數過多，不希望他總是只有見習的份而難過。

「啊，可是我現在已經好很多囉？所以才拜託老師，讓我以後也跟大家一起上課，畢竟運動會就快到了嘛。可是這麼久沒來上課，沒有人可以幫我做伸展操……後來我看到東城同學好像也沒伴，就過來問問看了。」

那個——

「我想，和東城同學一起做伸展操……可、可以嗎？」

「！——好啊，平常和我做操的今天請假，這樣正好。」

被橘抬起那雙濕亮的眼睛一求，刃更不禁紅著臉撇開視線。

……這、這是怎樣……？

的確，刃更身邊雖有澪、柚希、萬理亞和胡桃相伴，卻沒有橘這樣內向柔弱的類型，說起來是挺新鮮的；然而無論怎麼看他都像個女孩子，實際上卻和刃更一樣是男性，而自己絕沒有那方面的興趣——所以，希望這莫名的心跳加速都是爽朗秋陽惹的禍。不過現在是陰天就是了。

「好，我們來做操吧——先從你開始。」

由於再想下去可能會跌落禁忌的深淵，刃更儘快地開始了伸展操；按壓坐在跑道上的橘的背，幫他前彎。

「…………………」

呃……怎麼這麼軟。不是指柔軟度，是橘身體的觸感。

「那個……東城同學，再用力一點沒關係喔？」

第2章
夾在漸深的友情與謎團間

「這、這樣啊？那，這樣夠嗎？」

橘和瀧川體格差異甚大，刃更一時不知該如何施力。

——再說，這摸起來也太軟了吧，肌肉都跑到哪裡去啦？橘，你要多吃點肉，不可以亂挑食喔。然而伸展操還是要做，於是刃更往肩胛部位稍微出點力，壓得橘每次都「嗯！嗯！」地不停發出嬌滴滴的喘聲。

當然，他本人應該是很認真地做著伸展操——

「…………………」

周圍聽起來卻不是那麼回事，氣氛愈來愈詭異。展開併攏的雙腿再向左右屈伸幾次後，橘的身體也拉開得差不多了，於是——

「好了，換我幫東城同學吧。」

橘繞到刃更背後，按著他的背壓下去。

「哇啊……東城同學，你是不是有參加什麼運動社團啊？」

「沒有啊，我沒有參加什麼社團。」

「可是你身體超壯的耶……平常衣服穿著都看不出來耶。」

這、這樣啊。橘的發現讓刃更「喔……」地點點頭說：

「我以前有練過一段時間啦，然後最近又開始練起來了。」

刃更沒有說謊，只是跳過不能說的部分罷了。

「原來是這樣……對了，我一直沒機會問你，你為什麼想當運動會的執行委員啊？聽坂崎老師說，你是自願的耶。」

「會自願的人，是不是真的很少啊？」

「沒有啦，也不是那麼少……可是聽學長姊說，往年每班都只能召集到一男一女，也就是學校規定的底限。和校慶比起來，運動會的執行委員不是有種比較需要勞動的感覺嗎？所以只要人數夠了，其他人就不會特別想再參加吧。」

不過——

「今年好像有點例外就是了……」

「——不好意思，給你們添麻煩了。」

聽見向前彎身的刃更道歉，為他壓背的橘慌了起來。

「不、不是東城同學的錯啦，那也是沒辦法的事嘛……」

可是——

「成瀨同學和野中同學真的好受歡迎喔……啊，你該不會也是因為她們才來的吧？」

「——這個嘛，可以算是吧。我們B班原本也沒有人想當，所以我們三個就乾脆一起參加了。」

「是喔……因為你們三個住一起嘛。那你們，是為了全班站出來的嗎？」

橘表情感動地看來，刃更接著回答：「哪有，我沒有那種情操啦。」

「其實就是……說來慚愧，我剛轉校過來那一天就惹出了一些事——」

「啊……這個我知道。就是，你一面抱著野中同學，一面昭告天下說自己正在和成瀨同學同居嘛？」

「等等——我才沒有做那麼差勁的事。」

謠言傳到別班去以後變成這樣了嗎？難怪堂上和穗積會來找碴。

「就是弄出了這種誤會……所以我想為班上做一點事，希望能挽回自己的名聲。而且當上執行委員以後，還可以認識其他班的人。」

既然在班上交不到瀧川以外的朋友，就該把眼光向外拓展吧。

「因為這樣，我才能像現在這樣和你說話……這次真是來對了。」

「不只是東城同學這麼覺得喔。其實……能和你交朋友，我也很開心。」

「……這樣啊。橘，多謝了。」

不過你可以不要臉紅嗎？會害人緊張耶。

……只是，我不是只為了這個而已。

刃更並沒有說謊，他確實是想藉此多交幾個朋友，但那只是他決定加入運動會執行委員的原因之一。其他還諸如想要充分享受運動會的樂趣等。實際上，像刃更這樣能力超乎常人的人，在運動會這種靠運動神經或體能決勝負的活動上得不到什麼樂趣；隨時都要放水裝作常人，絕不能認真，以免鬧出事來。所以刃更幾個若想在運動會中得到參與感，只有成為幕後工作人員一途。這樣一來，就不必顧忌從小為戰鬥而鍛鍊出的體能，單純以班上一分子、普通高中生的身分參加運動會。於是與澪和柚希討論過後，決定在情況許可的情況下，三個人一起參加執行委員。

另外……

刃更還為了「某個原因」而非得成為執行委員不可。只是那或許不過是種小小的自我滿足，還沒對澪或柚希提起過。

「…………東城同學？」

不知刃更為何突然沉默的橘盯著他問。

「啊，抱歉……總之，我就是這樣才自願的。應該沒什麼大不了的吧。」

沒有什麼意外性或特別的，接著刃更說道：

「反倒是你加入了學生會才讓我意外呢。雖然是總務組，也是不折不扣的學生會成員，常需要像這次這樣，站在領導者的立場做事耶。」

從橘的個性來想，應該不會自願做這種事；就算是受邀加入，他這類的人也多半會婉拒，不太可能會答應。

「……東城同學，你也覺得學生會有我這樣的人很奇怪嗎？」

「呃，也沒有多奇怪啦……」

聽見橘的語調降了一點，讓刃更懷疑自己是不是說錯了話而不安起來。

「沒關係啦，我自己也覺得很奇怪嘛。」

橘呵呵微笑著說：

「我剛剛說過……我身體很虛弱，沒事就需要請假；就算來了學校，也常常在學校保健室床上躺個大半天，沒辦法上課，當然也不能參加社團活動。結果有一天，長谷川老師給了我一個建議……」

「——長谷川老師？」

突然跳出的名字嚇了刃更一跳。

「嗯，她說『像我這樣的人，應該要加入學生會』。那和普通社團不同，其他成員會盡可能地幫助我；就算只能做些雜事，也是很有用的工作；所以只要以學生會身分幫上一點忙，就能讓學校認同我過了一段積極的學生生活……老師還幫我和學生會談，結果三年級執行部的學長姊和二年級的梶浦學姊他們，真的答應讓我加入學生會做做看。」

因此——

「雖然我很猶豫……但是大家都同意了，我自己也該鼓起勇氣嘗試一下。」

「這樣啊……」

若加入學生會是出於橘自己的意願，是挺讓人意外，但如果與長谷川有關就合理多了。不只是處理傷口或感冒，還會真摯地傾聽學生的煩惱，指引解決之道——這才是長谷川千里的真本事。

……她是想為橘在保健室以外開拓另一個世界吧……

由於被她請去住處吃飯後發生了太過香豔刺激的事，羞得刃更再也不敢踏進保健室，也沒能再為那頓飯道謝。不過運動會的主題既然是運動，必定少不了保健室老師的協助。改天需要以執行委員的身分向她打聲招呼或請她幫忙時，就帶橘一起去吧，順便再為過去的種種建言鄭重道謝。

——但沒想到，這個機會來得比刃更想的快太多了。為了即將到來的運動會，這天體育課的內容是接力賽跑和接棒等練習。

課後，刃更和橘跟其他同學陸陸續續回到校舍，在學生出入口背對背換鞋。這時——

「——啊，長谷川老師。」

往橘的聲音去向一看，發現長谷川正好走出學生出入口邊的福利社，而長谷川也注意到刃更他們，轉向走來。

第②章

夾在漸深的友情與謎團間

「！————」

刃更頓時吞了口氣，臉皮漲紅。明明一直想著要找機會道謝，結果才像這樣打個照面就不行了。長谷川赤身裸體的淫亂模樣，如今仍鮮明地烙印在刃更的腦海裡。

長谷川對不禁臉紅低頭的刃更瞥了一眼，接著對橘問：

「看來是沒什麼問題嘛……這麼久沒上體育課，感覺怎麼樣啊，橘？」

「啊，是……謝謝老師的照顧，這次體育課我上得很順利。所以，那個……」

橘點個頭回話後，窺探臉色似的看看長谷川，而長谷川淺淺一笑，說：

「你是說游泳課嗎？看你的樣子，應該是沒關係吧。我也會做好準備的。」

被這話勾起記憶的刃更對橘問：

「所以，你就是那個身體不太好，需要老師在旁邊看著才能上游泳課的學生啊？」

「嗯，就是我啊……——奇怪，你怎麼會知道這件事？」

刃更一時之間只能「呃、這個嘛……」地含糊其詞。總不能把在保健室強脫長谷川泳衣的事說出來吧。在刃更苦惱著該怎麼回答橘的疑問時——

「別管那些了——東城，我有話要和你說。」

「咦……和、和我說？」

刃更隨突然轉來的話鋒回問，長谷川跟著「是啊」地點頭說：

「我一直在等你過來耶——從那天後，你一次也沒來過保健室，到底是什麼意思啊？」

「！——沒有啦，我……！」

長谷川微慍的質問讓刃更急得滿頭大汗。附近不只有橘在，還有一堆班上同學啊。但是長谷川似乎毫不在意，又說：

「還有……在走廊遇到的時候，你好像也會故意躲我。你有想過用這種態度對我，我心裡是什麼感覺嗎？」

不管怎麼聽，這責難性質的問題都完全是屬於男女之間的對話。於是——

「那、那個……？」

「對、對不起啊，橘，先等我一下。老師，妳過來！」

滿臉通紅的刃更對交互看著他和長谷川的橘這麼說之後，就拉著長谷川的手拖到走廊另一頭，拐彎找個沒人的地方說：

「那、那邊人很多耶，妳到底在想什麼啊，老師！」

「……我才想問你呢。」

長谷川不滿地回答，並逼近刃更，一把抱了上去。

兩人身體緊貼，將她的巨乳擠成猥褻的形狀，雙腿交錯。

「這、這裡不好吧……！」

第②章
夾在漸深的友情與謎團間

「你才不好。對我的身體那麼亂來以後，竟然裝作什麼都沒發生過……就像在後悔那晚和我做了那些事一樣。」

「不、不是後悔啦……我只是，不知道該怎麼面對老師而已……」

結果長谷川回聲：「什麼嘛……」在鼻息撲臉的極近距離下嫣然一笑——

「我不是說過了嗎——你要知道，有大姊姊疼愛是非常幸福的一件事。」

然後將刃更的左手拉到自己豐滿的胸部上，再將唇堵上刃更的嘴。在口與手蔓延的柔軟感觸和甜蜜的芬芳，瞬時奪去了刃更的抵抗力。

長谷川盡情地吻了一段時間，才終於肯放開刃更的唇，說：

「這樣子接吻，是你教我的喲。」

說完，長谷川就雙手抱著刃更的頭——繼續吻了起來。儘管知道不應該，但長谷川的吻甜蜜得使人沉醉；一回神，兩人的舌已交纏不分。

「啾……嗯！呼、啾……嗯……！」

兩人痴淫的激吻聲，就這麼在學校的走廊間打響。這時——

『長谷川老師，請立刻到教職員室。長谷川老師，請立刻到——』

「…………叫得真不是時候。」

校內廣播讓兩人的唇不約而同地分開，接著長谷川說：

「東城——知道該怎麼面對老師了吧？」

「！……徹底知道。」

刃更呻吟似地說。可惡，果然拿這個人沒辦法。長谷川輕吻一下刃更紅通通的臉頰後，就帶著滿足的微笑往教職員室去了。

——之後，刃更和橘一起回到男子更衣室，裡面已經誰也不剩。體育課是上午第四節，大家都兩三下就換裝完畢，吃午飯去了吧。然而長谷川的驚爆發言，卻讓尷尬氣氛瀰漫在默默換起衣服的兩人之間。

刃更回頭往和他背對背更衣的橘瞄了一眼。那蒼白的皮膚和低腰緊身內褲裡的臀部曲線，竟是那麼地女性化——

……可惡，都是長谷川老師害的。

在那種地方親成那樣，讓人心臟到現在還在狂跳，思考也變得被獸性感染。覺得危險的刃更趕緊轉回去繼續換他的衣服，但橘像是耐不住這麼長的沉默——

「…………那、那個啊，東城同學。」

「怎、怎麼了……——？」

下定決心後這麼問，刃更跟著轉身，發現橘就站在他眼前。

「對、對不起……要說這種事，我自己也很害羞……」

「……什麼事？」

沒扣上的襯衫加上緊身內褲的組合，實在很不像個男孩子。接著，橘抬著小狗般濕亮的眼睛說：

「……你、你身上有口紅的痕跡耶……？」

「——！」

「！——不、不是那邊啦……那個，我是說臉頰……」

刃更急忙捂住自己的嘴，結果橘的臉羞得更紅了。

「…………」

「…………」

啊啊，自掘墳墓……死定了。弄得這麼尷尬怎麼辦啊。這時——

「你、你放心……其實我很能保密的。真的喔，東城同學……！」

橘急忙拿出十二萬分的誠意，安慰踩中地雷而意志消沉的刃更說：

「那個……總之這件事，不要讓成瀨同學和野中同學知道比較好吧？」

「…………真的可以幫我保密嗎？」

否則會有很多事在各方面都變得很危險——實際情形不能說就是了。

在刃更頹喪得兩肩低垂時，忽然有塊柔軟的布湊上了他的臉頰。橘不知何時掏出了手帕，輕柔地替刃更擦臉。

「不要動喔……我幫你擦乾淨。」

「！……麻、麻煩了。」

眼前橘忽隱忽現的胸部和他更為危險的內褲，讓刃更盡量別開視線地回答。沒過多久——

「……嗯，都擦乾淨了，保證看不見囉。」

「那就好……謝啦，橘。」

橘擦完後退一步，刃更跟著道謝。

「不、不用客氣啦，這種事又沒什麼……我們是朋友嘛，對不對？」

在擦口紅印的時候確認友誼真是爛透了。見到刃更愈來愈陰鬱，橘雙手握拳舉起，手肘彎曲地說：

「……東、東城同學，Don't mind！」

並在他紅紅的臉上展開最大的笑顏，賣力地鼓勵刃更。滿面陽光笑容的橘，彷彿是天使化身，讓刃更差點就忍不住想一輩子追隨他了。於是——

「橘——我一定會努力做好執行委員的工作，讓我們辦一場成功的運動會吧。」

想為橘這個朋友盡點心力的刃更這麼說之後，橘錯愕地眨了眨眼睛，回答：

「嗯……我也會努力。東城同學和其他執行委員出了那麼多力，不辦出一場讓你們自豪『能參與籌備真好』的運動會怎麼行呢？」

自然的笑容終於回到了橘的臉上。

「雖然我不能像梶浦學姊那樣能處理好那麼多工作，還只是一個半吊子的總務組員，但是——」

橘七緒在他溫柔的眼中注入滿滿的決意，說：

「身為學生會和運動會執行委員的一分子——我一定會全力以赴的。」

4

「人數過多」這危險因素，再加上「三年級生反常加入」的不定時炸彈。

運動會執行委員會，就這麼抱著這兩個危機開始正式運作；所幸籌備工作堪稱順利，沒發生什麼大混亂。

這大半，都得歸功於學生會副會長兼執行委員長的梶浦立華領導有方。

她嚴謹地控管比往年多出一倍的人員，確實指揮及調度各個部門，將巨大的執行委員會視為一整個組織來管理。至於野馬般的三年級生，也按照原訂計畫，將澪和柚希作為韁繩，分別設置於堂上及穗積所在的部門，並派任學生會成員為兩部部長；而計畫似乎也成功奏效，總算是制住了他們。

刃更也從旁輔助梶浦和橘等學生會成員，負責疏通各部門意見，與教職員或各社團協商、確認消息傳達，過著放學後也不得閒的日子。

「——那我走了，以後也麻煩各位多多幫忙。」

某天放學後，刃更送文件給新聞社後回到走廊，碰巧遇到班上的男同學，廣播社的島田太一。

「咦，東城你也來找新聞社啊？」

「是啊，就是運動會執行委員的事……你咧？」

「社團學姊要我來跟新聞社借資料。你也知道，我們廣播社要在運動會當天負責實況播報吧？為了炒熱比賽氣氛，需要從新聞社過去的報導裡借一些能用的出來。」

刃更在運動會執行委員的工作上，常有機會和廣播社討論廣播器材的使用管理，隨著和島田在教室外見面的次數增加，兩人日漸熟稔。

他和橘一樣，是刃更加入執行委員後拉近關係的其中一人。

「畢竟對我們廣播社來說，運動會這樣的活動比校慶重要得多了嘛。對於我們文藝性社團，這會是很寶貴的實戰經驗，可是我們社員很少……光是分配誰播報哪個項目就很傷腦筋，連我們一年級也要上場播報其中幾項，真的有種總體戰的感覺。」

不過，這樣也讓人特別有幹勁就是了……島田苦笑著說。

「像你們就不怕人手不夠了吧。今年好像召到超多人的，應該進行得很順利不是？」

「…………還好啦。」

由於執行委員人數倍增，且委員長梶浦個性認真不苟，使得今年運動會的籌備行程特別縝密。

無謂枝節的刪減，減輕了每個人的工作量，就連非自願參加執行委員的同學們也大多給予正面評價。然而有光就有影，有些人對梶浦的精簡方式感到無趣——就是堂上那群澪派分子。

像穗積那樣為了協助柚希而來的男同學們，對於編入記錄會計部門有所不滿的只有少數幾個；但堂上那夥只想和澪在「名為執行委員會的舞台」上玩耍、以為可以為所欲為的人之中，認為總務輔助太過枯燥的則是占了大多數，梶浦的整體嚴格監督更是讓他們抱怨連連。

梶浦雖知道堂上那夥人的不滿，但也不能因此就答應「讓那群班級學年不一的人都加入澪那一組」，或「設立不分學年又男女混合的比賽項目」等無理要求，把運動會弄得亂七八糟。

「不要出事就好囉……」

和島田分頭後，走在走廊上的刃更喃喃地這麼說。堂上那夥人在澪面前手腳勤快，可是背地裡明顯地堆滿了怨氣。

火種一直都在運動會執行委員會懷藏的炸彈邊，不斷地悶燒著。

5

隨著日子一天天過去，執行委員會的運作漸生紊亂。

起因，是班際女子啦啦隊比賽——為了排練舞蹈，澪和柚希常無法準時參加執行委員會，必須請假的日子也逐漸增加。

於是，委員會中澪派和柚希派的人也開始翹班。

柚希派的倒還好。儘管知道柚希沒來就會離開，但都是肯做事的人，至少都按照既定行程完成了自己分內的工作。

——問題就出在堂上等人所在的總務輔助部門。時常結夥行動的他們，只會躲在視聽教室嘻哈笑鬧，一點正事也不做。

若只是這樣，或許還無所謂。如此的作業延宕，梶浦能從其他部門調來人手，再把他們

第②章
夾在漸深的友情與謎團間

調去做其他有刃更或橘等學生會成員輔助的工作；然後改寫工作分配和行程，使問題作業如期順利完成。

然而，在運動會前一個禮拜的某一天。

「——這到底是怎麼回事啊！」

放學後，梶浦立華的吼聲在成為運動會執行委員會總部的視聽教室中迸響。

她將一張紙大力拍在課桌上，怒目瞪視澪派首領堂上，其實這天澪派的人也因澪缺席而鬼混喧譁中，此舉使得整個教室的注意力都集中了過來。

「學、學姊……」

跟在梶浦身後的橘擔心地說。他是因為負責監督的坂崎開教職員會議而不在教室，害怕梶浦和三年級的堂上爆發衝突吧。

「啊？副會長妳沒事發什麼飆啊？」

正和朋友對打手機遊戲的堂上從液晶螢幕抬起臉問。

「我在問你這張請款單到底是怎麼回事！」

梶浦拿來的，是不存在於會計部門紀錄中的購物請款單。

而且是今天突然郵寄來的。

「我剛才打電話問過了，這是堂上學長你買的吧。」

這張請款單，是來自一家煙火舖——年年為某知名煙火大會供貨的老字號專賣店。要添購使用在運動會上的資材時，本來都得先向會計部門請款，購得後繳交收據及找餘才算完成程序。若非十萬火急，就連一萬元也不准先斬後奏。

因此，堂上未經會計部門許可擅自購物就已經是重大違規了，而且——

「二十萬耶……花這麼大一筆錢買煙火，你到底在想什麼啊！」

梶浦氣得聲音都發抖了，堂上卻仍吊兒郎當地笑著說：

「我也嚇了一跳啊，沒想到煙火這麼貴。可是我們每年運動會之後的晚會不是都會放好幾發煙火嗎，讓我們多買一發不會怎樣吧？」

「不要說這種傻話好嗎！晚會的煙火一直都是拜託和我們學校有交情的工廠，把每年夏天煙火旺季剩下的庫存便宜賣給我們的耶！」

「啊？我哪知道那種事啊……既然這麼重要麻煩早點說好嗎？」

「！……總而言之，請你現在就把這張單子拿去退掉！」

「退不掉了啦。那間店的老爺爺說不能取消。」

「什——為什麼不能退？」

「因為字形煙火完全是訂做的啊。他還說漢字的『澪』太複雜，要改成『ＭＩＯ』，看來這家知名老店也沒什麼了不起嘛。有時間說自己是什麼純正的煙火大師，怎麼不想辦法多

第2章 夾在漸深的友情與謎團間

進步一點啊？」

見到堂上當著她的面輕蔑訕笑，梶浦又光火起來，大聲說道：

「少胡說八道！既然不能退，我就要學長自己負責買下來！」

「啊？這是什麼道理……我怎麼一點都聽不懂？」

堂上站了起來，毫不退讓地直盯著不禁縮身的梶浦的眼睛說：

「這種時候該負責的應該是執行委員長吧？我可是好意想讓運動會好玩一點才買的耶，妳這麼快就推卸責任是怎樣？我們為了幫妳準備這個妳想出來的超悶運動會，每天留下來那麼多時間，拜託妳也少在這亂發脾氣，去做妳的事好不好？再說，這是我們三年級最後一次運動會耶，結果這也不行那也不行，我說什麼妳就反對什麼……妳這二年級也太專制了吧？不要以為自己是學生會就把學校活動占為己有啊。」

堂上所說的話，讓一時無法理解的梶浦無言以對。

……占為己有……？

明白這幾個字的意思後，梶浦動也不動地佇立著。

身為副會長、執行委員長，一定要辦一場成功的運動會——梶浦認為自己一直是抱著這樣的熱誠在努力的，但堂上的話卻徹底否定了她的努力和熱誠。

梶浦很想反駁，卻說不出話。因為她害怕出口的不是言語，而是嗚咽。但這時——

「——可以請學長，把剛剛說的話收回去嗎？」

一道沉靜的聲音，代替梶浦向堂上這麼說道——而聲音的主人，已經站到堂上的面前。

東城刃更為自己的判斷感到後悔。

梶浦曾希望他除了澪和柚希遭到糾纏時以外，盡量不要接近堂上和穗積，以免發生不必要的問題。

而這件事，確實該由負責運動會籌備的委員長出面喝止，梶浦自己也為處理三年級的堂上花費了不少心力，所以刃更一直忍氣吞聲，觀察情況。

……但我應該是錯了吧。

早知道會發生這種事，真應該在之前被他們架到校舍後那時，給他們一點教訓的。如果當時能讓他們再也不敢打澪的歪主意，堂上就不會成為執行委員、梶浦也不會遭受這種可惡的侮辱。

而且……

堂上這般愚蠢的舉動，實在很難讓人不懷疑他的精神狀態。若真的遭到操縱，說不定就和日前的襲擊有關。犯人擁有操縱意識的力量，又極可能是聖坂學園的相關人士；雖然從那

第②章
夾在漸深的友情與謎團間

天以來就只是以視線表示自己的存在，但犯人難保不會利用堂上製造事端或設陷阱。

——當然，犯人也可能就是堂上。長谷川曾說過，人類的嫉妒——特別是男性，有時會棘手得令人意外。自己鍾情的澪和刃更同居，已足以使他的嫉妒化為憎恨，想對刃更不利。

無論如何，他心中都無疑有著無法忽視不管的惡意。因此——

「喂……你沒事跳出來說什麼鬼話啊？」

刃更正面接下堂上表情凶狠的瞪眼威嚇，說：

「你沒聽清楚嗎——給我把你剛對梶浦學姊說的話吞回去。」

這話讓梶浦和橘都抽了口氣，視聽教室的氣氛頓時緊繃起來。在澪派徒眾個個錯愕無語時，場中爆出一陣大笑——來自堂上。

「哈！哈哈！哈哈哈哈哈哈！啊啊，原來是這樣啊——」

堂上突然隔著課桌掄出右拳。他似乎有點打架經驗，打算先下手為強，出其不意地攻擊刃更面部。但是——

「！————？」

刃更卻用左手一把接下他的拳頭，使堂上的表情訝異得凍結。

接著刃更瞇起雙眼，默默地揑緊堂上的拳頭。

「呃！啊啊啊啊！你、你這傢伙……！」

堂上立刻臉色大變、痛苦呻吟，但刃更沒因此鬆手。這時——

「媽的……！」「很跩嘛，東城！」

兩個澪派的人一左一右對向打來。刃更輕仰上身，躲開右側那人的拳再出腳一掃——那人立刻跳過刃更似的在空中翻了一圈。

「——啊！」「咿咿咿！」

然後腳跟砸中左邊那人肩膀，兩人纏在一起摔在地上。

周圍目擊的群眾都還來不及弄清楚出了什麼事，而這段過程中，東城刃更冰冷的雙眼一刻也沒離開過堂上。最後，他以低沉但清晰的聲音說：

「——給我吞回去。」

「唔……混、蛋……」

儘管手被捏得臉都漲紅了，堂上依然不改惡狀。

突然間，似乎是開完會的坂崎開門進入視聽教室。

「嗯——你們在做什麼？」

「…………沒什麼。」

說完，刃更慢慢鬆開了手，視線仍沒離開堂上。

「————！」

堂上跟著按住右手，滿懷忿恨地瞪視刃更，但他不敢在坂崎面前惹事，很快就帶著澪派一夥人魚貫離開視聽教室。

目送他們的坂崎無奈地嘆口氣，之後恢復以往的爽朗笑容說：

「好了吧，快回到工作崗位上。運動會只剩一個禮拜了，沒時間玩囉！」

這句話讓旁觀這整件事的人們都紛紛回去做自己的事。而坂崎應該知道是出了什麼狀況吧，他轉了過來——

「啊……東城，可以來一下嗎？」

並帶著苦笑，喚來刃更。

出了視聽教室後，刃更一路跟著坂崎來到頂樓。

「秋天真的到了呢……」

坂崎背靠防護欄杆，回頭望著遠方景色這麼說。學校旁的公園裡，沐浴在柔和夕陽中的楓葉更顯殷紅。再將視線往下降，能看見各運動社團在校園各個角落活動筋骨、揮灑汗水的情況。

——出視聽教室前，刃更對弄僵氣氛向梶浦道歉，而她的回答是：「別在意……」可是，堂上說的話應該對她造成了不小打擊，她表情極為悲苦，眼角漾著薄薄的淚水。

見到刃更上頂樓後一直低頭不語，坂崎苦笑著說：

「我找你過來，不是為了要罵你，只是看你不像平常那麼冷靜，想問問看為什麼而已。你是想利用堂上他們鬧事的機會——犧牲自己，把他們都趕出執行委員會吧？」

刃更沒有否認，依然保持沉默，讓坂崎嘆了口氣。

「你上次在中庭被堂上和穗積他們包圍的時候那麼冷靜，這次怎麼會那麼激動啊？」

「對不起……我知道學長他們看我不順眼，可是——」

刃更垂著眼說：

「這次他們矛頭不是衝著我來，而是指向其他人和委員會的工作……然後剛剛又那樣子辱罵梶浦學姊，我就忍不住了。」

「就算那樣，那樣強出頭也不好吧。」

「因為我覺得，堂上學長他們不會那麼簡單就懂得自制……」

沒錯，之前長谷川也告訴過我。刃更一面回想一面說：

「每件事情都有個限度……有一條不能退讓的底線。運動會就快到了，在這個倒數階段還讓他們那麼為所欲為，大家都會被他們拖累。難道老師要我一聲也不吭地放任學長他們亂來嗎？」

坂崎聞言不禁搖搖頭道：

「我沒那麼說，可是正面衝突也不一定能解決這個狀況。你挺身幫助梶浦，有一顆為他人著想的心，確實很值得鼓勵，不能說有錯——可是在這種狀況下，我不敢說那是最正確的作法。」

不是嗎？

「要是真的打起來，會有很多人停學，包括你在內；假如有人受了重傷，運動會說不定還會因此延期呢。」

「可是我……」

就算說自己計算得很小心，不會發生那種事，他也不會信吧。於是——

「……那我到底該怎麼辦才好？」

坂崎表情和順地回答刃更的問題：

「讓他們參加，是我們老師的決定。學校不只注重個人教育，還要教導學生團體行動的重要性；所以這次堂上擅自訂製煙火的事，我們老師也有監督不周的地方，你或梶浦他們不需要負責，也不必自責。靠自己的力量解決問題並不是壞事，但學生不方便做的事還是交給老師來吧……老師就是為了幫助學生而存在的嘛。」

坂崎的話使刃更再度沉默。的確，自己或許是在某個時間點失去了應有的冷靜。日前車

第2章
夾在漸深的友情與謎團間

站的襲擊事件——目標極可能就是刃更，表示刃更身邊的人隨時都有被他捲入的風險。而且——

……我還沒查出犯人是誰。

在這種情況下，假如對方真的趁刃更在校，或運動會這樣附近居民都會來校觀展的時候出手，不知道會造成多可怕的傷亡。

當刃更想到最差的情況而感到一陣揪心的焦躁時——

「——有件事我一直很在意。東城你是不是也被『她』影響啦？」

忽然聽見坂崎低聲這麼說。

「她……是指誰啊，老師？」

思考回到眼前的刃更反問後，坂崎換了口氣，輕聲說道：

「你滿常去保健室吧。東城……小心那個女人，就是長谷川千里。」

「咦……小心長谷川老師？什麼意思……？」

意外的名字引起了刃更的疑惑。

「保健室老師這個職位，讓她常有機會回答學生的煩惱。她氣質穩重，又那麼漂亮，被她說的話影響的人還滿多的……你是不是也找過她談談困擾、尋求建議之類的？」

「嗯，是啊……」

「……果然啊。」見到刃更點頭，坂崎嘆息道：

「她的建議，影響力非常強……她那樣已經不算幫人解惑或心理諮詢，簡直強到像某種催眠或洗腦的程度。」

「太誇張了吧……」

坂崎立即否定不敢相信的刃更。

「不，真的不誇張。找她談心事的學生裡，有幾個個性突然完全變樣，有些家長還擔心到問學校發生什麼事了呢。」

「這個……煩惱解決、心病沒了後，變得開朗或自信積極，也沒什麼奇怪的吧？」

刃更以略微不滿的語氣反駁坂崎的話。

——刃更到現在為止已經好幾次因為聽了長谷川的建言而讓心情變得輕鬆。也因為有她的話語才能保護澪跟柚希，好幾次艱辛的戰鬥也因為她的緣故刃更才能撐過去。所以說長谷川壞話這種事，真的是讓人不愉快，可是……

「如果是正向的變化，不會讓家長擔心到打電話來學校吧？讓家長這麼擔心的學生都有幾個共通點，例如自信極度過剩、把自己的行為正當化、什麼都要自己一個人做、把家人的

第②章
夾在漸深的友情與謎團間

話全當成耳邊風——」

或者——

「——不理會周遭的感受，對某些人事物表現出異常的執著。」

「執著……那該不會是指……」

「沒錯——那是在你轉來之前的事了。堂上和穗積都找過長谷川老師，請她提供建議。他們會叫成瀨或野中『公主』，還在學校組成像是近年偶像後援會的團體，都是那之後才開始的。」

「有這種事……」

刃更不禁愕然地這麼說。

「我問你……你曾對她的結論有任何反彈或不能接受過嗎？如果我想得沒錯，恐怕是沒有吧？」

刃更以沉默回答坂崎的問題。答案是肯定的。

的確，對於至今長谷川所給予的建議，刃更總是來者不拒，並嘗試實踐。接著坂崎以嚴肅口吻說：

「到目前為止，你都理所當然地照著她的話去做吧……可是這是很奇怪的事。無論多麼受歡迎的老師，都會有關心學生而被嫌煩的經驗，這是老師的宿命。畢竟我們學校的學生這麼多，無論如何一定會有個性不合的問題，不可能討好每一個人。」

坂崎繼續說：

「可是只有長谷川老師沒有惹來周圍任何不滿或閒話。當然，有的人真的就是人見人愛，不過她美得那麼誇張，身材又那麼好……這麼引人注目的人，會吸引一群狂熱愛慕者的同時，也會造成某些人強烈反感吧？」

現實就是如此。以澪和柚希而言，即使女性仰慕者也不少，也不可能全校學生都仰慕她們。就連擁有絕對地位的神，每種宗教崇拜的也各不相同，人要得到所有人的喜愛更是不可能的事。

「她年紀比你們大一點，在你們眼裡應該很有魅力吧。那方面的吸引力，在師生之間原本很容易釀成麻煩，但長谷川老師也沒出過那種問題。每個人都認為她是絕世美女，又是肯幫助學生解決問題的善良女性，可是沒有一個人對她抱有更進一步的感情。」

坂崎再補聲「而且」，又說：

「東城，最大的問題在於……每個人都不覺得有哪裡奇怪，彷彿她用了某種魔法，不允許任何對她不利的事發生一樣。」

刃更不禁停住呼吸。不允許任何對長谷川不利的事——假如這是真的，那麼若要避免兩人在她住處跨越師生界線的事曝光而導致再也無法任教，刃更就是她第一個要排除的問題。

再者——刃更就是在那一天、離開長谷川住處後遇襲的。

「…………」

見到刃更整張臉都綠了，坂崎苦笑著搔搔臉頰說：

「啊，抱歉……我沒有嚇你的意思。不小心扯太遠了。」

「…………沒關係。剛剛做了讓老師擔心的事，不好意思。」

刃更勉強擠出低沉的聲音，低頭道歉。

「不需要道歉啦——只是，東城，你是我班上的學生，我這個導師當然希望保護你，不想看到你捲入不必要的麻煩。希望你能體諒。」

坂崎的手「啪」地拍在默默點頭的刃更肩膀上，說：

「堂上他們的事就暫時交給我吧——我絕對不會讓他們亂來的。」

說完，坂崎又表情爽朗地笑了。

6

與梶浦立華和東城刃更發生爭執、帶著其他澪派分子離開視聽教室後。

堂上翔平的身影出現在車站前的電玩中心裡，和兩個死黨在熟悉的角落玩著常玩的水果盤遊戲機。

「…………………媽的。」

可是怎麼都連不了線，液晶螢幕顯示的剩餘點數很快就歸零，堂上氣惱地踢了機台底一腳。

……堂上平常這時候玩得正開心，今天卻煩躁不已。

因為不久之前，東城刃更讓他嘗到了難忍的屈辱。

堂上緊握右拳，那力量卻使手陣陣作痛。低頭一看，發現刃更握過的部位留下了一塊清楚的紅手印。真是難以置信的握力。

另外——不只是堂上，刃更還輕鬆撂倒了同時幫手的另外兩人。其他一、二年級的澪派分子不知是懾於當時的刃更，還是覺得堂上做的事真的太過分，雖然都跟著他離開視聽教室，但來電玩中心的路上都各找藉口相繼走人了。

……全都是那傢伙害的。

光是和澪同居就難以忍受了，態度還那麼囂張——可是想給他點顏色瞧瞧，反而弄得樹倒猢猻散。

看見堂上氣得咬牙切齒，坐在一旁的同班同學說：

「別放在心上啦，堂上。剛剛東城那樣子……絕對是有學過武術什麼的。」

「……啊？誰放在心上啊？不過──」

堂上眼帶憎惡地盯著機台液晶螢幕說：

「東城和梶浦那樣瞧不起我的傢伙，我一個也不會放過──我一定要他們後悔，一定要。」

「要他們後悔……你想怎麼做啊？」

聽另一個這麼問，堂上「哈！」地一笑。

「我要毀了他們──把他們花那麼多時間準備的垃圾運動會毀掉。」

手段有得是。看是要趁夜破壞他們架設好的器材，還是隨便訂一卡車不需要的東西破壞預算，或者寫個黑函給學校，兩三下就能讓運動會停辦。在堂上動著歪腦筋時──

「──那、那個，堂上學長……」

旁邊忽然有個女生喊他。不，不是女生。站在一旁的，是制服和堂上一樣的少年。他是和梶浦一起管理執行委員會的，學生會的總務，叫做橘什麼的一年級生。瞧他一副畏畏縮縮的樣子，堂上不禁對害怕都寫在臉上的橘說：

「聲音可以不要這麼不男不女嗎──你來幹麼？」

「我，就是……希望學長可以回來……然後……」

「哈！……現在是怎樣，該不會是要我回去道歉吧？」

堂上站了起來，嚇得橘猛然一縮。自己剛說要破壞運動會的事說不定被他聽見了，要設法封住他的口。橘身材瘦小得像女生，個性也很娘娘腔，嚇一嚇就行了吧。

於是堂上粗暴地揪起橘的領子，把他硬推到牆上，途中弄掉了他的眼鏡——然後見到，橘的眼瞳閃耀著鮮紅色。

「你、你的眼睛是怎樣……？」

一陣莫名的感覺讓堂上吞了吞口水。

「…………………………對不起。」

接著橘七緒輕輕地這麼說——並以那雙比血更紅的眼睛看進堂上眼裡。

7

刃更從頂樓回到了視聽教室。教室裡靜悄悄的，大家都面無表情地做著自己的事。應該是堂上惹的麻煩和刃更跟他起的衝突，影響了大家的心情吧。

刃更也感覺自己的出現，使得教室氣氛稍微緊繃起來。於是他默默地走向自己的座位，到在同一張長桌上做事的梶浦面前——

「對不起，梶浦學姊……」

為自己離席和之前與堂上起衝突道歉。

「我不是說過了嗎……不是東城同學你的錯，不必向我道歉。」

梶浦抬起頭，微笑著回答。看來她在這段時間裡已經平復多了。

「對了，東城同學。你回來的路上，有看到橘嗎？」

「不，沒看到他耶……他不見了嗎？」

「是啊……不知道那孩子會跑去哪裡。」

梶浦輕嘆一聲後回去檢閱她的文件，刃更也跟著回到座位上，繼續做自己中斷的工作

——大約過了一個小時，這天的執行委員會就宣告結束。收拾完後，刃更看著橘那依然空著的座位說：

「結果那傢伙還是沒回來耶……要幫忙找他嗎？」

「不用了，我等等再自己打手機問一下就好了。辛苦啦——明天見。」

「嗯，妳也辛苦了。」

刃更向梶浦敬個小禮致意，接著回到一年B班教室接澪和柚希，發現教室裡還有其他女同學留著。應該是為了討論啦啦隊比賽的舞步才留到現在的吧。榊和相川也在，大家有說有

笑。

「刃更……委員會結束啦？」

「是啊，今天差不多就這樣。」

刃更在教室門口點點頭，回答發現他回來而出聲問候的柚希。

「那今天就聊到這邊，我們回去囉。」

這麼說之後，澪和柚希一起離開座位。

「好哇，掰掰～」

「再見囉，澪、柚希，還有東城同學。」

刃更就這麼伴著澪和柚希，在相川和榊的目送下步出走廊。

「妳們聊得好開心喔……」

「還好啦。今天我們是在討論啦啦隊比賽要穿什麼服裝，聽說相川同學的姊姊有門路，可以用超低價租給我們不錯的衣服。敬請期待喔。」

澪笑著說：

「這件事要對男生保密喔——要是順利的話，冠軍一定是我們的。」

「刃更也一定會喜歡的。」

「這樣啊……那我就等妳們運動會穿給我看吧。」

刃更也被信心滿滿的她們感染，一起笑了起來。就要到學生出入口時——

「刃更，委員會那邊怎麼樣？」

「堂上學長他們又在打混了吧……對不起喔，我們明天一定會過去的。」

柚希和澪一問起執行委員會的狀況，刃更的表情就變得有點僵。

「……刃更？」

柚希疑惑地向刃更看來，所以——

「……其實——」

刃更決定把委員會上發生的事告訴她們——就在這時候。

「——怎麼啦，你們還沒回家啊？」

來自走廊另一頭的聲音，讓刃更啞然失語。轉過頭去，看見彷彿是在逐漸轉暗的校舍內慢慢浮出、加強存在感的絕美之白。

長谷川千里，正向他們走來。

「差點忘了，你們都是運動會的執行委員嘛……我知道倒數階段會特別忙，但留太晚也不太好喔。」

「好～」「……不好意思。」

澪和柚希各自回答。

「…………………」

而刃更卻只是默默看著長谷川。

「？怎麼啦，東城……臉色不太好耶。」

長谷川似乎也注意到刃更不對勁，有些擔心地向他伸手，可是——

「我沒事，真的——謝謝老師。」

刃更委婉地這麼說，並自然地避開她的手。

「…………這樣啊，那就好。」

長谷川收回無處可去的手，同樣若無其事地說：

「話說，你們好像有時候會太過投入……我是不會要你們放慢腳步啦，可是如果把自己逼得太緊，小心到時候把自己搞垮。」

聽了她的忠告——

「…………我知道，我會牢記在心的。」

刃更輕輕點頭。這是發自內心的。

「要是怎麼了，歡迎來保健室找我啊……隨時候教。」

說完，長谷川白袍一飄就往走廊另一頭去了。

第2章

夾在漸深的友情與謎團間

8

成瀨澪和刃更跟柚希一起回到家門時，已過了晚間八點。

「我們回來啦～」

澪打開大門並傳達平安返家的訊息後，客廳的門跟著猛然敞開。

還以為迎門的一定是萬理亞，但她猜錯了。

簡直是衝到走廊上的那道身影是——

「胡桃……？」

「————！」

見到胡桃臉紅得像蘋果，讓澪抱著疑問喊了喊她，結果——

胡桃見到澪幾個，臉變得更紅了。

「……怎、怎麼了嗎？」

「！——沒、沒怎樣啦……不要理我！」

胡桃大叫著這麼說之後就急急忙忙衝上二樓去了。

「……沒關係，我去看看。」

柚希脫下鞋，也跟著胡桃上樓。

她是怎麼啦——經過刃更和柚希的調教後隔天，胡桃羞得把自己關在房裡；可是她晚上就順了兩人的苦心勸說出了房門，最近表現得也很正常。由於澪這個前任魔王之女是監視對象、萬理亞是澪的隨從，胡桃有時對她們仍保持著距離，不過住在同個屋簷下就免不了天天見面，日常對話還是有的。但現在這樣子，簡直又回到了那一天嘛。這時——

「哎呀呀，歡迎回家呀，各位。」

見到萬理亞從客廳出來，讓澪瞇起了眼睛。因為萬理亞嘴角不知在偷笑什麼。

「萬理亞……妳是不是趁我們不在的時候對胡桃亂來啦？」

「我並沒有做什麼特別的事啊……只有邀她一起洗澡之類的，她也答應了。」

「一起洗澡……她怎麼會答應啊。」

萬里亞不禁微笑道：

「當然會。在澪大人們忙著上學的時候，我和胡桃已經變成好朋友了。」

「……妳沒拿什麼東西威脅她吧？」

「怎麼會……完全是你情我願喔。胡桃比我想像中要乖巧可愛得多了呢。」

萬理亞得意地呵呵笑著說。

「——剛剛啊，我們還和樂融融地一起看影片呢。」

第②章
夾在漸深的友情與謎團間

「影片……呃，難道是……！」

不祥的預感讓澪緊張得推開萬理亞，站到客廳門口。

「…………我就知道。」

看見電視上的畫面，澪嘆息地雙肩一垮。

巨大的液晶螢幕，正播放刃更和柚希在胡桃的肉體刻下難以置信的快感，使她初嘗女性歡愉而狂亂忘我的影像。澪被胡桃看見她的母狗裝扮而躲到二樓自己房間後，是有聽到樓下傳來柚希跟胡桃的陣陣嬌喘，隔天也問過發生了什麼事……但沒想到會弄得這麼激烈。而跟著進客廳的萬理亞，則是以不可思議的口吻說：

「看啊，胡桃實在是天賦異秉。這年頭感情好到能拍出這種影片的姊妹已經不多了呢。啊啊，這真是讓我壓抑不了心中的感動，眼淚都要掉出來了……」

「我也壓抑不了心中的同情呢……」

澪連生氣的力氣都沒了。真是可憐——就連最早和刃更締結主從契約的澪，現在一深思自己與刃更的關係都會羞得腦袋亂成一團；而胡桃雖只有那一晚的經驗，但刻劃在她身心的快感一定極為鮮烈。

「弄不好，她又要關在房裡好一陣子了……」

澪無奈地喃喃這麼說後，萬理亞忽然察覺——

「奇怪，刃更哥咧？」

澪也跟著轉頭看看——不知何時，刃更的身影從玄關消失了。

刃更回到自己房間，把書包擱在桌上後就躺上了床。

看著天花板，思考至今得到的訊息，以及它們與現況的關聯。

現在範圍已經縮小到，確定襲擊者的目標是刃更，且對方與聖坂學園相關。由此可以推斷，無論那場襲擊是警告還是為了其他意圖，背後一定有一個原因，以及讓對方採取實際行動的契機。

首先……

第一個可能，就是襲擊的原因和契機是同一件事。

刃更在車站遇襲的那天，發生了兩件異常狀況。

其一是首次參加運動會執行委員會，其二是造訪長谷川千里的住處。

目前——事情與運動會執行委員會有關的可能性較高。

那場襲擊，有可能是要刃更退出執行委員會的警告。

——會希望刃更退出委員會的，有兩方勢力。

一方是想讓運動會成功的勢力——換言之，就是看見執行委員會目前因人數過多發生問題而不滿的人們。其領導者，多半就是曾試圖勸退刃更的梶浦等學生會成員。雖不願這麼想，但就她們的立場而言，會排斥刃更幾個很正常。不過希望運動會成功的人也不會只有學生會那幾個，那麼不僅是學生，就連教師也有嫌疑。

另一方，就是與運動會無關，單純想排除刃更幾個——應該說是只想排除刃更的勢力。這一方，自然就是堂上、穗積為首的澪和柚希兩派的擁護者；其中對刃更的敵意最簡單明瞭的，就屬澪派的堂上。從車站遇襲時，對方那種殃及無辜群眾也無所謂的狂妄態度來看，不像是希望運動會成功的梶浦那些人，比較接近堂上。儘管之前堂上幾個把刃更帶到校舍後時，被坂崎途中打斷後就再也沒發生什麼事；但在所有執行委員第一次集會時見到刃更就在澪身旁，難保不會使他敵意復燃。

問題是——刃更和澪跟柚希同居早已是全校皆知的事，相較之下，堂上不太可能只因為一起參加執行委員會就安排那場襲擊，若將堂上的失控行為以「受到襲擊者操縱所致」來解釋，就合理多了。

……可是。

假如對方一直對刃更懷有敵意——在這個時間點襲擊刃更，還真是挑對了。因為那個精明的瀧川暫回魔界，不在這裡。

瀧川啟程返回魔界，是刃更遇襲的數小時前——忠告剛從超市結束購物的澪和柚希之後的事，刃更開始在學校感到視線是遇襲後一天，可說是全都發生在瀧川向學校告假之後。

……而且，現在「村落」又派了胡桃過來。

假如對方事先掌握到了這條消息，有可能是企圖讓「村落」判斷刃更具有捲入無辜群眾的危險性，才故意在胡桃能夠趕上的時間點出手襲擊。一旦「村落」認為事態嚴重，屆時就不只是離開執行委員會就能了事，很快就必須面臨離開澪或柚希的命運。

——然而過濾到現在，還是欠缺決定性的根據。

所以今天，刃更跳脫至今的被動立場，嘗試主動行動——與堂上他們起衝突就是為此；若在那裡把事情鬧大了，還能讓他們一起退出執行委員會。當時澪和柚希因為排練班上的啦啦隊舞蹈而缺席，如果促使他們攻擊的敵意是來自對刃更的嫉妒，正是讓他們現出原形的大好時機。而且——刃更也考慮過，萬一想辦場成功的運動會而希望他退出執行委員會的勢力真的不幸存在，而他們就是犯人的可能性。在這種情況下，刃更退出正好能平息他們的不滿；順道帶走擅自訂購高價煙火而花費二十萬的堂上，除了多少能達到補償效果，也應該是自己身為運動會執行委員所能做的最後貢獻。可是——或許是因為坂崎的出現吧，沒能成功引誘對方做出進一步行動，以失敗作終。所以時間緊迫的刃更，立刻試圖研擬其他能查出對方真面目的手段——

第2章
夾在漸深的友情與謎團間

但沒想到……

卻從坂崎那裡聽來那樣的事，讓狀況又陷入迷霧。

「……小心長谷川千里是嗎？」

若坂崎沒說，刃更還真的沒發現自己從認識她後就深受她的影響；且一心想實踐她的建言，甚至到說是盲信也不過分的程度——但是，這其實是個奇怪的現象。

在戰鬥或執行任務時的大忌之一，就是「固執成見」。過強的主觀意識將破壞冷靜、窄縮視野，讓人無法對事物或狀況正確判斷。所以在「村落」時，刃更就受過令人作嘔的嚴酷訓練，養成從不確信自己必能得勝而步步為營地戰鬥、從各種角度觀看事物的習慣。

因此，自己才能發現瀧川的真面目、以佐基爾料想不到的方式要了他的命。這樣的自己，為什麼只對長谷川一個可說是深信不疑——或者說，為何就是懷疑不了她呢？

這次的敵人能夠設置強力結界，也懂得操縱人的意識。就坂崎所說，長谷川身邊的狀況確實反常。無論是誰都信奉她所說的話，且不抱任何踰越的感情、保持適度距離又沒人感到奇怪，就連瀧川也不曾說過她哪裡不對勁。

彷彿與長谷川相關的所有事物，都會視她需要而變化一樣。

可是——這樣的長谷川周遭，卻出現了兩個特異人物。

一個就是刃更自己。很明顯地，長谷川是主動接近刃更。倘若是她策劃了這次襲擊，請瀧川吃燒肉時遇見她就多半不是巧合，被她請進家門也是另有企圖。

恐怕……

在長谷川就是犯人的情況下，她對刃更感興趣的原因可想而知地就是──「無次元的執行」。

假設長谷川真的能夠操縱周圍群眾的意識──可能是某種領域，那麼能以反擊形式消滅任何物理或魔法攻擊的刃更，自然會讓她感到興趣或威脅，想知道是否也能消滅她的意識操縱；於是她設計了幾項實驗，在保健室穿泳裝、在自宅下廚請客或共浴等，企圖搖撼刃更的情緒，且最後她判斷刃更是種威脅，而在刃更回程上出手攻擊──整個看起來，比堂上因嫉妒而攻擊的假設更加合理。

不過……

她卻沒有處理她應該無法忽視的問題──那就是另一個特異人物，坂崎守。刃更、柚希和瀧川都沒察覺長谷川的異處，坂崎卻察覺到了。假如長谷川會設法消滅不受她意識操縱影響的對象，坂崎應該要排在刃更之前吧。另外，坂崎選在這個時候向刃更透露長谷川的問題──究竟是為了什麼？坂崎說，他看出刃更也受到長谷川的影響，那麼將這點告訴刃更，不就可能讓長谷川知道坂崎對她的疑心嗎？

難道這也是對方的陷阱？坂崎那些話，會不會只是假造的故事，好讓刃更的焦點轉移到毫不相關的長谷川身上而出現破綻？這麼一來，坂崎不是故意說那些謊，就是受到犯人的操縱。

……不對。

再怎麼說，刃更對長谷川深信不疑是不爭的事實，那並非全是謊言。

只是——無論對長谷川或坂崎是信是疑，現在手邊線索都不足以決定，也不知道堂上、穗積、橘和梶浦幾個之間誰是襲擊者、誰被操縱——不，就連襲擊者是否就在他們之中，是否有人遭到操縱都無法確定。在這種狀況下，要決定下一步動作實在——

「……！不行，怎麼可以這樣想……！」

東城刃更從床上坐起，直視前方。我到底在擔心什麼啊。

振作起來、冷靜一點。拋棄成見、懷疑所有可能。

然後——為每種可能擬出對策。

……沒問題的，因為……

自己，還擁有能夠確信的確切事物。這時，房外有人敲門。

「刃更……？」

絕對能確信的其中一人——成瀨澪從門外問道。

「從學校回來的路上，你的樣子一直怪怪的……怎麼了嗎？」

那表示的，是對刃更的關心。真是的，讓她擔心了。於是刃更深吸口氣，說：

「不好意思……就是心裡有點亂，我在想辦法整理。」

不過，已經沒事了。

「幫我把大家都叫到客廳吧，我會把我今天遇到的事和最近明白的事都告訴妳們。還有——」

東城刃更說道：

「對於身分和目的都不明的敵人——我們應該要怎麼對付。」

目前未知的仍然太多，有嫌疑的人一隻手也數不完。

但所知並不是零。敵人的目標是刃更，且無懼於殃及周遭。

以及不能敗給這樣卑劣的對手。這樣就夠了。

因此，就從現有材料著手吧。恐怕運動會將會是重大關鍵。

而勝負就決定於是否能夠平安迎接並度過那一天了。

要戰就戰吧。儘管不願意懷疑同學或師長，但現在沒有別的選擇。

無論內心會受到怎樣的煎熬——都要為能夠再度相信一切的那一刻而戰。

1

第3章 共享絕不妥協的意念

私立聖坂學園運動會。

邁入第二十四屆的這一天，是個萬里無雲、秋高氣爽的大晴天。

九點鐘聲即將敲響的現在，東城刃更正和橘七緒待在校門邊。

因為他們要負責接待學生家長或附近居民等，學生以外的訪客。

在堆滿簡介和各式傳單的服務台長桌前——

「訪客都來得差不多了吧……？」

聽橘趁沒人進門時這麼說，刃更「應該吧」地點點頭。

然後對穿著運動服、全身散發女孩般可愛氣息的橘說：

「學生馬上就要開始進場了，對家長來說，第一個拍照的好時機就是那時候；所以現在都在觀眾區上檢查相機跟攝影機吧。」

「啊哈哈，可能真的是這樣喔。」

橘一手摀著嘴可愛地呵呵笑，然後——

「…………總算是順利開始了呢。」

堂上失控大鬧後的這一個禮拜，執行委員會的氣氛一度極為低落，但大家還是平安地迎接了運動會的到來。

因為爆發衝突後隔天，堂上就回到執行委員會上，向梶浦道歉。不知是坂崎實現了他在頂樓上的諾言，還是有其他理由改變了堂上的想法，即使他道歉得不是很甘願，執行委員會仍因此重回軌道，向正式運行的那一天作最後衝刺。

……還以為堂上學長一定會打算破壞運動會呢。

可是道歉之後，堂上見到澪出席委員會也沒再糾纏她；就算態度似乎有所不滿，但還是完成了自己負責的工作。

至於他訂製的煙火，也似乎在梶浦和坂崎的處理下成功取消，所有部門都趕在最後一天前完成準備，不過未來會怎樣還很難說就是了。

所以直到運動會開始，刃更都沒有離開執行委員會，表示已不需考慮襲擊者企圖以逼退刃更來使運動會成功的假設——儘管不是「完全」，只是「幾乎」，仍讓刃更明白自己應不必再深入懷疑新朋友，抱著淺淺的喜悅注視身旁橘的側臉。

「……怎麼了嗎，東城同學？」

第3章 共享絕不妥協的意念

被橘這麼一問，刃更「沒什麼」地搖搖頭。這時，有個新訪客來到服務台邊。見到那個穿著他校制服的少女──

「嗨──看來妳沒有迷路呢。」

刃更立即遞出簡介笑著說。

「你白痴啊……我姊在這裡念書耶，怎麼可能會迷路。」

沒好氣地「哼」了一聲後，少女──野中胡桃收下了簡介。

「東城同學……你認識這個女生啊？」

「是啊，她是柚希──我們班那個野中的妹妹。胡桃，他叫做橘，和我一樣是執行委員。」

「這個，我……我是東城同學的朋友橘七緒……請多指教。」

「……你好。」

胡桃對橘瞄了一眼就直往操場去了。

「她是不是討厭我啊……？」

「哪會哪會，你想太多了啦。」

刃更苦笑著回答擔心地看來的橘──表情卻忽然僵住。

「？怎麼了嗎，東城同學……啊。」

疑惑沒持續多久，橘很快就察覺了原因，兩名執行委員從操場方向過來，要和服務台的接待人員換班。刃更點頭致意後——

「…………換班。」

其中一人——堂上正眼也不看刃更，冷冷地這麼說。

「好……那麼接下來就麻煩學長了。」

將服務台交給堂上他們後，刃更和橘不是回到自己班上，而是邁向操場上大會總部的帳棚。愈接近操場入口，人群所造成的熱氣和喧騰也愈趨濃烈。很快地，他們就見到設置了許多帳棚和各式機材、各項目比賽用具也準備齊全的運動會版本的操場，以及擠滿觀眾區的觀眾。

當刃更和橘回到總部時，負責接待和引導以外的執行委員也都聚集到了這裡。澪、柚希、相川和榊都在。當位於眾人中心的梶浦，看見刃更兩個也出現後低頭看錶。

「辛苦了，這樣就全部到齊了吧。」

並環視眾人後這麼說。

由於運動會主要是班際競賽，每個人頭上都戴著紅、白、黃等不同顏色的頭帶。當然在競賽上，大家彼此是競爭成績的對手，但是——聚集在這裡的執行委員們，都是為使運動會成功落幕而來的重要夥伴。所以——

第3章
共享絕不妥協的意念

「時間到了——開始我們的運動會吧。」

梶浦臉上，已不見一絲委員會成立當初煩惱人數過多所引起的不安，也沒有日前與堂上起衝突而受辱時的憂慮，展現出她在最後一週重新統整執行委員會、使運動會如期舉行的可靠領導風範，大家自然地以她為中心圍成一圈。這時，澪和柚希擠到刃更左右。

「……刃更，胡桃呢？」

「她已經到了，應該在我來之前就進會場了吧。」

柚希悄聲問來，刃更跟著回報胡桃的到來，澪也稍微嚴肅地問：

「這樣啊……這一刻，終於到了呢。」

東城刃更聽了「是啊」地點點頭。

「我們也開始——屬於我們的運動（戰鬥）會吧。」

2

學生進場準時開始。身穿運動服的學生們隨著音樂，依學年順序繞行跑道一週後，一班一班地在操場上就定位整列。

觀眾區裡，幾乎每雙眼睛和鏡頭都對準了操場——

「…………」

只有野中胡桃一個，混在人群裡做別的事——確認並清點刃更在說明時提出的，襲擊事件的嫌疑人之中特別需要注意的人物。

尤其是與刃更在立場或感情上，因果關係較強的幾個。

到目前為止見過的，有和刃更一起在校門口的橘七緒。

以及前往操場途中擦身而過的堂上翔平，和待在總部帳棚的梶浦立華。

既然運動會已準時開始，比起對刃更抱有私怨的堂上，冀求運動會成功結束的橘和梶浦危險程度應該較低——但野中胡桃沒有鬆懈。希望橘和梶浦不是犯人，是出於刃更對同儕間的正面期許；若說刃更有義務相信他們，胡桃該做的，就是懷疑他們。

現在，萬理亞礙於佐基爾一事而不能離開東城家，而澪和柚希也無法公然行動，以免提供穩健派、現任魔王派魔族或勇者一族合理藉口，做出不利刃更的判斷或行動。

因此，能在這次事件中實際行動的，只有遭受襲擊的刃更——

……還有目擊事發現場並插手介入的我了……

看我把你抓出來。胡桃心想。對刃更有感情的不只是柚希、澪或萬理亞，如今的胡桃也和以前一樣，將刃更視為無可取代的人物。這時候——胡桃在有別於其他學生，刃更等執行

第③章
共享絕不妥協的意念

委員所在的總部帳棚中，找到了柚希的狂熱擁護者穗積海司的身影。

……這樣就四個了。

在心中記數後，胡桃直接平移視線，在總部右端——教職員帳棚中找到了最後兩個嫌疑人。

一個是笑容爽朗地望著場上學生的坂崎守。

再來……

另一個，是身穿亮眼白袍的保健室老師——長谷川千里。

總共六人。今天胡桃受託的工作，是監視及追蹤所有襲擊刃更的嫌疑人，加上其他執行委員人數超過三位數，但那對胡桃不是問題。

當司令台上校長開始致詞後，胡桃閉上雙眼，接著——

「————」

集中精神，以自己為中心張設魔法陣，並在普通人看不見的魔力光輝中——

……拜託了，各位……

在心中對宿於周圍大氣的精靈們呼喊，請求他們看守整座校園，向她回報行動可疑的人物。感到精靈們同意後，胡桃睜開眼睛，無意間和刃更對上視線。

刃更是因為胡桃使用魔法，才會在人群中找到她的位置吧。

而且——這多半也讓潛伏於會場中的犯人，察覺到了胡桃的存在與魔法。

一旦對方有所行動，自己和刃更就會立刻撂倒他。

校長在精靈們與胡桃的注視下結束致詞，接下來是選手宣誓。

一名女學生上了台，右手筆直向天高舉後說道：

「——宣誓。我謹代表全體同學在此宣誓，願發揮在校園中學習的寶貴知識與經驗，運用在校園中成長的健全精神與體魄，遵守一切競賽規則，公平競爭。學生代表——梶浦立華，謹誓。」

話聲一斷，掌聲的漩渦頓時席捲了整座操場。

在各般心思交錯中，聖坂學園的運動會就此正式開始。

3

對全體執行委員會而言，運動會這舞台，將在這天化為戰場。

首先要分別為田賽與徑賽準備需要的器材，並引導參賽學生。

接著記錄各項競賽的實施情況與各項數據，回報給總部整理。

第③章
共享絕不妥協的意念

一旦競賽結束，就要立刻替換器材，準備下一個項目。

在如此直接的競賽準備之外，還要與廣播社合作，播放音樂與報導實況。

有人受傷或身體不適時，就要幫忙運送到救護站；器材出問題或競賽流程有所延誤時，就要聽從梶浦透過對講機下達的指示，趕去排除障礙。

另外由於在運動會中，無論是參賽者還是觀賽者都容易因情緒激動而導致衝突，必須適時給予警告或制止，若遇到學生處理不來的情況就得請教師幫忙等等，執行委員的工作包羅萬象，因此——

「百米賽跑的預選最後一組成績快點記好，第一場的中途排名要出來了耶！」

「跳遠的二—A那個男生還沒來嗎？再廣播一次！」

「負責廣播器材的在搞什麼！北邊的擴音器沒聲音！」

「鉛球比賽進度慢了？不過是輪流丟球是能拖什麼東西啊！」

即使前半競賽都順利照表消化，但經過一個小時後，整個總部帳棚變得匆匆忙忙，各部門都為了應對不停變化的狀況而全速運作。

「總務部誰有空嗎，跳高那邊好像有人受傷了。」

聽見梶浦接下支援請求後發出的指示——

「——我過去看看。」

在柚希身邊幫忙記錄數據的刃更立刻接下這任務。

現在，留在總部帳棚做事的都是總務部門的二年級女生，一年級自然該主動處理這類跑腿性質的工作，而且男生也比較適合運送傷患到救護站。

「……小心點喔，刃更。」

刃更對以叮嚀送他離開的柚希回答：「我知道。」就繞過徑賽場地到跳高的區域去。

「啊，東城同學……這邊！」

橘陪在看似傷患的男學生身邊，高揮著手喊來。

「他跳的時候衝太猛，上半身摔到護墊外面了……我是很想自己扶到救護站去，可是這邊的比賽還需要我幫忙，沒辦法離開。不好意思。」

「沒關係啦，你有你自己的工作，這種事我來比較好。」

再說蹲在護墊邊的是三年級學長，身形還比刃更高大，瘦小的橘應該扶不太動他吧。

「抓住我……站得起來嗎？」

刃更準備扶起傷患離開時，忽然想起什麼似地說：

「──對了，橘。我記得你等一下也要參加四百公尺賽跑嘛？」

就算執行委員工作再忙，也不能因此免於參加競賽；需要在工作中抽空，和其他同學一樣出席之前決定的項目。

第3章
共享絕不妥協的意念

「把學長送過去以後，我先幫你請梶浦學姊找人過來代班喔。」

由刃更代班是更省事，但他不能這麼做，因為他要參加的競賽就在四百公尺賽跑之後。

「…………那個，東城同學。」

「？怎麼了……？」

被橘低聲喊住的刃更跟著反問，可是——

「……算了。不好意思，沒什麼。」

橘這麼說後，又說：「……晚點見。」笑著對刃更輕輕揮手。

於是刃更「喔」地點頭後，就把三年級學長送往救護站去了。

比賽開始已經一段時間，除了刃更送去的學長之外，帳棚裡還有好幾個學生。救護小組的女同學一見到刃更就問：

「要消毒還是處理？」

廣義而言，「消毒」也是「處理」的一部分，不過這個問題是為了區分工作性質。如果是只需要消毒的小擦傷，小組裡的女同學就能代勞；至於需要包紮的挫傷或身體不適等需要「處理」的問題，就由長谷川負責。刃更說是後者後，學長就被送到正在治療其他學生的長谷川身邊去了。

「……好，那就麻煩妳們了。」

刃更稍稍躬身致意準備離去時，不經意地停下來，查看長谷川的樣子。

並注視起她動作細膩地為擦傷膝蓋的男同學做包紮的側臉。沒多久——

「怎麼啦，東城……你也哪裡受傷了嗎？」

長谷川眼也不動地這麼問。刃更搖搖頭回答「沒有」後——

「…………我先走了。」

只留下這句話就離開救護站，順原路回去，鐘聲也在這時響起——在平時，這表示第三節課的開始。

……目前還算順利，感覺上沒出什麼大問題。

刃更回想競賽時程的同時，對現況作出如此感想。

執行委員人數較往年多出一倍還這麼忙，應該是因為個人競賽都集中在上午吧。為了幫助參賽者順利出賽，需要頻繁地交代工作事項和細部調動人員，紀錄各項目成績也是頗為繁雜的工作；然而下午以後就是分班分色的團體競賽的天下，每個人的負擔都會漸漸減少吧。

現在應該是最吃緊的時間帶——只要越過這個關頭，運動會成功落幕就在眼前了。

「…………」

刃更忽然停下，環顧整座操場。那裡已是一片狂熱的空間。

參賽的人、觀賽的人、教師或學生或訪客。

第3章 共享絕不妥協的意念

聚集在這裡的這麼多人，都開心地觀賞著刃更等人所籌備的運動會。

身為執行委員的一員，這是非常值得驕傲的事。

可是……

隨時能將這片光景徹底毀滅的敵人，就在這群人裡頭，且很可能與刃更相識。再度想起這件事，讓刃更緊緊握起右拳。

也許是胡桃精靈魔法的牽制奏了效，對方暫時沒有動作。

但刃更仍一刻也沒忘記注意周遭，一路回操場去了。

4

幾乎所有的運動會競賽，都是以體能優劣論成敗。

只有一項，能讓刃更、澪和柚希大方參加，沒有不公的疑慮。

那就是除了默契還需要運氣的，三人四腳障礙賽。

『現在，比賽來到上午的壓軸好戲——男女三貼障礙賽！』

擴音器中爆出激昂高亢的喊聲。這聲音刃更也相當熟悉，為這項目播報實況的，就是與他同班的廣播社社員・島田太一。

『這是每班派出一男兩女，要在繞跑道一圈的同時突破三種障礙的三人四腳賽跑，號稱是全校男性同胞最哈的競賽！可是，只有被出賽的兩個女生選上的人才有這個福氣！首先開始的是一年級部分，大家的焦點，當然都放在B班所在的第六跑道上，今年一入學就把全學年男性迷到神魂顛倒的成瀨澪和野中柚希！』

男性觀眾的氣氛也隨島田興奮的播報瞬時沸騰起來，不過──

『至於能和本校兩大偶像一起參賽的幸運兒就是這一位──東城刃更！』

左右腳分別和澪跟柚希綁在一起，同樣在起跑線就位的刃更，卻沐浴在無情的噓聲中。

這也是沒辦法的事，畢竟這是一場所有參賽男性都會遭人眼紅的競賽；現在，其他班級的男同學也被噓得──

……奇怪？

是錯覺嗎，他們噓的好像只有我一個……呃，加油啊，用力加油啊，東城刃更！完全受到倒采洗禮的刃更，只能以這種方式激勵自己。

由於身負運動會執行委員，刃更幾個能夠優先選擇參賽項目；而澪和柚希所選的，就是這場三人四腳障礙賽。

於是──她們理所當然地指名刃更出賽。

第3章

共享絕不妥協的意念

——其實，澪和柚希兩人會參加這場競賽，是萬理亞的主意。然而，這並不是問了所有競賽項目的蘿莉色夢魔順從自身本能解放慾望的結果。刃更三個會參加這個項目，是為了對付那個襲擊者。對方的目標是刃更，而最容易使刃更在運動會中顯露破綻的就屬參加競賽，沒有其他。

如果，澪跟柚希和刃更一起出場，幫他注意周遭，對方也難以下手；假如對方還是進攻了，在三個人都在的狀況下也好對付。

……不過呢。

堂上和穗積也在嫌疑名單之中，原本是得避免參加和她們這麼緊貼的競賽，以防刺激他們——但若他們哪個真是犯人，應該不會傷害澪或柚希。既然有這樣的益處，多少招點其他男同學的嫉妒、受點噓聲也沒什麼，忍忍就算了。這時——

「不要想太多啦，就當是南瓜還什麼的在鬼叫就好了。」

「刃更你放心——我一定會保護你的。」

說完，澪和柚希就像故意做給其他人看似的往刃更貼緊。

「…………好吧，不管了。」

刃更也苦笑著摟住緊貼而來的兩人的腰，感到澪和柚希的體溫和柔軟，完全是「左擁右抱」的狀態；即使噓聲也在這一刻暴漲，東城刃更也不理會——因為他重新體會到一件事。

「能和妳們像現在這樣，真的是——有夠幸福的。」

刃更這麼說之後，起跑的鳴槍聲清脆迸響。

『比賽開始，所有參賽者一齊衝出起跑線——喔！D班第一步就摔了，還把C班跟E班也拖下水啦！其他班級看樣子是逃過了一劫……喔喔！這個厲害，萬眾矚目的B班一開始就和其他班級拉開差距，速度愈來愈快！』

聽見島田播報賽跑實況的聲音，成瀨澪跟野中柚希認為能和刃更衝上第一，本來就是理所當然的事。再怎麼說，自己和刃更從決定參加這場競賽至今，在家的時間全是以三人四腳的狀態度過，洗澡也是天天一起，只有上廁所或就寢才會解開。

原本她們曾自我約束，決定暫時不與刃更共浴，但那在胡桃來的當晚就已解禁。起初，三個人綁在一起洗身泡澡總是弄得手忙腳亂，不過必須通力合作才能順利洗澡逐漸變成一種樂趣，日子一久就習慣了；澪和柚希分工清洗刃更，刃更也會幫她們處理不容易清洗的地方。

對於以這種方式加強默契的澪和柚希而言，第一關的平衡木實在算不上障礙；三人方向打橫，用步調一致的螃蟹步一下子就闖關成功。當他們再度奔上跑道時，已把其他班級遠遠甩開。

『B班很快就來到第二關——也就是這個項目中讓男生最爽的「左擁右抱夾氣球」！』

「你們三個，這邊這邊。」

擔任這關助手之一的相川向他們招手，接著——

「來～這兩個氣球給你們。」

澪和柚希各將相川交來的充脹的氣球，肚子對肚子、背對背地夾住並用力擠壓身體——但無論怎麼擠，氣球就是不破。澪和柚希是執行委員的一員，自然知道這是怎麼回事；相川給她們的桃紅色氣球有個「愛愛紅」的稱號，是最難擠破的氣球。為了縮短各班速度差距，製造比賽高潮迭起的氣氛，委員會特地準備了容易破的氣球和強韌的氣球。於是——

『喔——！B班原本一路順風，現在卻完全卡在這裡了！後面的班級，也都趁這時候接連通過第一關急起直追，和B班的差距愈來愈小！』

澪和柚希感到情況不妙而焦急起來，想趕快把氣球擠破；但是不管怎麼擠，到最後都只是把胸部臀部往刃更身上貼，動作撩人地蹭來蹭去。

『喔喔！這真是太銷魂啦！就像是聖坂雙姝用東城同學跳鋼管舞一樣！』

「那個笨蛋……！」

刃更對島田那煽動觀眾情緒的播報咒罵一聲，盯著B班的男同學們也在這時大噓特噓，不過澪和柚希對看一眼後——

「…………」

彼此輕點個頭，開始表演給觀眾看似的對刃更擠蹭身體——就像一起入浴時，澪用胸部、柚希用臀部替刃更洗澡一樣。

——賽前，成瀨澪和野中柚希決定了一件事。

那就是利用這場競賽，昭告全校自己是屬於誰的。組成後援會只會騷擾她們兩個，倒還可以視而不見；但在影響到執行委員會和刃更的現況下，是時候把話說清楚了。

告訴他們，成瀨澪和野中柚希現在已經不是他們的偶像——只屬於東城刃更一個。

於是澪和柚希以纏抱刃更的形式，向周圍宣達自己的意念。

刃更起初羞得不知該如何是好，但似乎很快就發現她們的用意而輕聲苦笑，跟著摟起澪的腰使身體貼得更緊，並將背後重量全倚負給柚希。

被後來的兩班追過時，澪和柚希的氣球終於相繼爆炸——三人再度起腳奔向最後一關，匍匐鑽網。

第3章
共享絕不妥協的意念

刃更等人在網中糾結著爬行的模樣，全被某人用攝影機拍了下來。

在一般觀眾區中操作著攝影機的，就是請求精靈們監視聖坂學園校地內，是否有可疑人物企圖對刃更幾個不利的野中胡桃。

「…………受不了，為什麼還要做這種事啊？」

胡桃無可奈何地嘆息。會做這種事，是因為看家的萬理亞請她拍下刃更他們參賽的過程。原本胡桃是沒有義務照萬理亞的話去做──但她也拒絕不了。日前和萬理亞鬥嘴而受了她的挑撥後，被她抓住了一個不得了的把柄。當胡桃遭受萬理亞的夢魔洗禮而陷入激烈催淫狀態時，身心都感受到了深刻的快感；僅僅一個晚上，就幾乎震垮了她建構至今的價值觀。而且──事情不僅止於那一晚，在刃更幾個離家上學時，萬理亞也偷偷替胡桃上了不少課。

……還不是因為……

胡桃稍微羞紅了臉。在柚希和澪都跟刃更建立親密關係的狀況下，一被萬理亞問：「想不想追上她們？」──自然是抗拒不了。

──這次，胡桃會離開村落前來幫助柚希，並不是由於長老的指示。

若要問是誰派遣的，只能說是胡桃自己的意願。經過前次重逢而返回「村落」後，胡桃見到柚希得以回到刃更幾個身邊──心裡滿是羨慕。與五年不見的刃更再會、知道他的心這些年來也深受折磨——讓胡桃再也無法掩飾自己的感情。所以她開始期許自己，希望盡量陪伴在刃更和柚希身邊，使三人關係能恢復到當年一起玩耍的時候。可是現在——刃更和柚希，已和澪跟萬理亞築起了全新的關係；想像過去那樣受盡刃更和柚希的疼愛，就只能聽從萬理亞的指導追趕柚希和澪，進入刃更的世界。

所以……

胡桃最近開始用萬理亞提供的影片，複習澪和柚希至今屈服於刃更時的狀況，並瞞著其他人逐一體驗她們做過的每一件事。雖明知身為勇者一族的自己，愈來愈不敢違抗萬理亞這魔族有點不妥——

……不過，這樣我們就能……

這五年來——和刃更相隔兩地，姊姊也變了一個人，讓胡桃感到十分地寂寞；但在那一晚、被刃更和柚希做了各式各樣的事時，彷彿和他們一起回到了童年。即使必須伴隨肉體的快感，只要能夠彌補那段遺失的時光，胡桃也無所謂。因為柚希和澪都辦得到的事，自己沒有辦不到的道理。

這時，在如此思緒的縈繞下攝影的胡桃忽然表情一揪。

「————」

因為看守的精靈們發出了警告，然後——

第3章
共享絕不妥協的意念

「妳在拍東城同學他們嗎……？」

一道語調客氣的聲音向她問來。轉頭一看，橘站在她身邊，她表情冷淡地反問：

「……找我有事嗎？」

「嗯……我是來請妳幫個忙的。」

橘跟著直視胡桃的雙眼回答。

——精靈們只有回報橘的接近，沒有提及任何魔力反應。

這至少表示，這附近的人應該還沒遭到操縱。

可是……

在刃更幾個正在比賽的現在，胡桃完全是孤立無援。考慮到自己跟周圍都將可能遭到操縱，胡桃警戒起來，保持隨時都能動身的狀態，並說：

「幫忙是吧……我想我沒有必要幫你的忙吧？」

「嗯……可是，這為的不只我一個，也關係到東城同學、野中同學——也就是妳的姊姊。」

「跟刃更和姊姊有關……？」

這是交易，還是陷阱——胡桃皺眉反問後，橘「嗯」地點頭說：

「所以，希望妳能在運動會——」

可是橘話說到一半，表情忽然僵住。他不是看著胡桃，而是胡桃的背後。他在後面看見了什麼——一轉頭，胡桃也清楚地看見了。

有個人影站在中央校舍頂樓上，俯視著操場。

「那是……」

在胡桃認出那是堂上，且所有精靈齊聲發出警告、使她大吃一驚的同時。

堂上向天高舉右手，張開了巨大的魔法陣。

下一刻——巨大的龍捲風往運動會仍在進行的操場直降而來。

在震撼大氣的轟隆聲中，操場塵土頓時高揚。

突如其來的狀況，使師生及一般訪客都毫無例外地尖叫起來。

「怎麼會……」

目擊了龍捲風形成瞬間的橘七緒錯愕地說。

「————！」

面色凝重的胡桃也將自身服裝轉變為戰鬥服，馭風施放飛行魔法，蹬地躍入空中——往頂樓飛去。

第3章

共享絕不妥協的意念

在換上具有魔力的戰鬥服時，普通人就看不見胡桃的身影了；就算使用了風之魔法，對普通人而言也只是突然起了一陣風吧。

——可是，胡桃採取的所有動作都被橘七緒清楚看在眼裡。

而他依然愣在原地，是因為發生了絕不可能的事。

「為什麼……？」

完全無法相信。堂上竟然能使用魔法——這是不可能的啊。

……堂上學長不是被我的魔眼給……

這時有種東西，喚醒了不禁茫然失措的橘。

那是一陣沉鈍的破碎聲。從天而降的龍捲風，拆碎、掀飛了設於操場的帳棚。在隨後而起的無數尖叫聲中——

「啊、啊啊……」

橘七緒發出呻吟似的聲音。那在橘眼裡，等同於自己一手打造、無可取代的運動會就要被破壞殆盡的一瞬間。無論是人是物，都會在龍捲風的肆虐下遭受重創；大家付出的心力，即將付之一炬。

——但這樣的事，並沒有發生。

狂風呼嘯中，「鏗————————！」地出現了一陣尖銳的鳴動聲。

緊接著——逼近地面的龍捲風不留一點痕跡地消失了。

「咦——……？」

再度驚愕的橘看見，巨大龍捲風的著陸地點——操場中央，有個青年站在那裡。那右手覆上裝甲、姿態狀似剛斬出手上那把單刃巨劍的，是應在競賽途中的東城刃更。

……東城同學他為什麼……？

都還來不及弄清楚堂上為何能使用魔法，這一幕又使得橘更加混亂。

——但使他如此驚訝的，並不是刃更能夠使用異能。開幕典禮上，橘就見過胡桃使用魔法。恐怕她是為了消滅橘而來的勇者一族吧。

真正的原因，是因為橘為使運動會成功落幕，用他的魔眼操縱了堂上的意識。

他找上胡桃，就是想請她至少等到運動會結束再動手。

而橘也因為胡桃而推測她的姊姊柚希、她們的青梅竹馬刃更，以及與他們同居的澪，很可能都是勇者一族。現在橘視線另一端，奔到刃更身邊的澪和柚希臉上，沒有一點焦慮或混亂等對狀況不明的反應；可是更讓橘錯愕的，是他們處理的速度，以及對他們處理順序上的不解。

——堂上使用魔法，是毫無預警的。

一旦遭遇意外的突發狀況，任誰都會反應不及，像橘現在就不知該如何應對。

第3章 共享絕不妥協的意念

然而——和澪跟柚希處於競賽當中的刃更，為什麼能那麼快就採取行動？

還有一個疑點，那就是胡桃在龍捲風出現後的行動。在那種狀況下，胡桃沒有先救助周遭民眾，而是選擇飛向堂上。

身為勇者一族的她，實在不太可能會忽視眼前面臨危險的人們。從這角度來想，她應該是知道刃更會設法處置龍捲風才敢那麼做。

換言之——刃更能反應得那麼快、胡桃會無視周遭民眾，是由於他們已經知道會發生這種事，並分配了各自的工作所導致的。

……可是他們為什麼會……

假如刃更他們真的是打算消滅操縱堂上的橘，那他們怎麼會事先知道堂上會脫離橘的控制，使用出那樣的魔法？橘尋思片刻——

「難道……」

想起母親曾說過這樣的事。歐洲中世紀曾出現過一段獵巫運動時期——據說其主導者，就是當時負責守護歐洲地區的勇者一族。在那個年代，魔族侵入人界與人交媾的例子無可計數；而勇者一族將因此出世的人魔混血，或繼承其血緣的人們視為危險分子，展開了稱為「獵巫運動」的大規模處刑。其中有一部分家系逃過了如此單方面的打壓而殘存至今，橘七緒就是來自其中之一。可是獵巫運動盛行時，曾有部分勇者為了將在其監視下安分守己的對象也一併消滅，甚至不惜栽贓嫁禍。

──刃更他們做的會不會就是這種事呢？為了消滅橘，刻意操縱堂上並使其施放強力魔法，並在出現傷亡前平息事端──好將救人的功勞全往身上攬，把罪過都推到橘身上？刃更他們預見到這種事態的發生，正好、很不幸地，能解釋這樣的假設。因此──

「……………………」

橘七緒注視東城刃更的眼瞳愈來愈冷酷，在他眼中的已不是個好友──入學以來第一個交到的朋友，而是自己的敵人。接著──

「──────」

刃更也似乎察覺了他的視線，緩緩轉過頭來。

6

刃更以「無次元的執行」消除巨大龍捲風後，迅速仰望校舍頂樓。

兩人對上視線後，堂上歪嘴一笑就轉身消失在頂樓另一頭，發動飛行魔法的胡桃接著高速追了過去──途中回頭看了刃更一眼，刃更也點頭回應。到目前為止，自己和胡桃都還能

第3章
共享絕不妥協的意念

按照事先決定的應對方法來行動。這時，在操場上的喧囂中——

「…………刃更。」

柚希和澪相繼從障礙賽跑道趕來刃更身邊。

「剛剛那個人——是堂上學長吧。所以真的是他在搞鬼嗎？」

「還很難說。他很明顯是在挑釁，可能只是被操縱了……不過就算這樣，只要能夠抓到他追蹤魔力來源，應該能得到關於幕後黑手的線索。」

所以絕不能讓他逃了。刃更用力握緊布倫希爾德的柄，說：

「好——就照作戰計畫來做吧。我和胡桃一起去抓堂上，妳們留在這裡，不要讓混亂繼續擴大。拜託啦。」

剛剛的龍捲風雖然嚇到了很多人，但都頂多是跌倒時擦傷或扭傷手腳，應該沒人受到重大傷害；物質方面，也只有部分帳棚和音響器材受到損害，若無其他狀況發生，不至於使運動會喊停。因此，現在必須儘快防止師生及訪客的混亂化為恐慌；而擔任如此後勤工作的，就是澪和柚希了。兩人點點頭。為控制場面而分頭跑開。同時，刃更也在總部帳棚一帶，看見梶浦在教師反應之前對執行委員下達指示而心生敬佩之情。這時——

「————」

刃更感到視線而回頭，在充滿疑惑和嘈雜的觀眾區——那混亂的人群中，與注視他的雙眼對上視線。

「橘…………」

刃更直視著朋友臉上未曾顯露的冰冷眼神，低喃出他的名字。

——就在這瞬間，一道結界張設開來，四周因而轉暗。

除了刃更以外的人也都在這一刻消失，只留下建築物，連澪和柚希也不見身影。恐怕是只有刃更一人被關進了結界吧。這讓刃更不禁倒抽一口氣——

「————！」

但他仍能及時反應，迅速向橫跳開，同時一陣風掠過刃更腹側——不，正確而言，那並不是風。視線彼端，那五指銳化、刺出右手的背影轉身說道：

「…………你果然很厲害呢，東城同學。」

是橘。也許眼鏡是在攻擊途中掉了吧，他緊盯著刃更的眼瞳，在陰暗的結界中閃耀著紅光。於是——

「原來是這樣啊……」

發現橘真面目的刃更表示理解地低語。這次的敵人善於操縱人類意識，又能使操縱的對象使用魔法。因此，當萬理亞提及「眷屬」時，除了魔族各勢力之外，刃更也想過對方可能的種族。

第3章
共享絕不妥協的意念

……那就是吸血鬼。

數百年前，魔族不時來到人界與人交媾，造成了一群亞人及幻獸，在進化的路途上與魔界魔族分道而馳。現在幾乎很難聽說他們襲擊人類的消息，但那是因為會襲擊人的種族在很久以前就被勇者一族剿滅。之後部分倖存者選擇隱藏身分，居住在這個世界；其中的亞人和人類世代混雜，血統日漸稀薄，現在幾乎不具有任何能力。所以就算觸犯規約，除非事關重大，勇者一族也不會將他們趕盡殺絕，畢竟人類也會殺傷他人。

可是……

凡事都有例外。儘管幾乎和普通人無異，偶爾還是會出現隔代遺傳或返祖現象。勇者一族之所以沒有察覺橘的真實身分，是因為橘一直掩藏能力，以人類的身分生活。然而——

「……橘，我真的很遺憾。」

就算橘是襲擊刃更的犯人，但若他的立意是期望辦場成功的運動會——東城刃更可以當做沒發生過。真的。

將堂上那夥人帶進執行委員會、破壞了橘寶貴日常的，是刃更他們自己。刃更本身也為了盡可能地守護澪的日常而戰，深知看似俯拾即是的日常有多麼可貴、多麼難得。不過——剛剛的龍捲風，已經逾越了橘他守護日常之所需。那只會破壞眾人寄託希望的運動會，也可能毀滅周遭他人的日常，連同刃更幾個僅有的，名為校園生活的日常一起。

——所以，為了守護現有的一切，東城刃更決定痛下殺手。

架起布倫希爾德、忘卻「朋友」二字，注視著橘。

「————————」

在兩人視線交錯的下一瞬間——雙方不約而同地動身。

在幾乎同時蹬地起腳的那一刻，從第一擊就全力交鋒。

7

刃更和橘開戰之時。

先一步追上堂上的野中胡桃，已經壓制了他與他的同夥。

堂上和澪派同夥在後庭會合後，企圖聯手迎擊一路追來的胡桃，但全都不是胡桃這精靈魔術師的對手。

這群愛慕澪的人，的確有可能在嫉妒心的驅使下攻擊刃更，可是——

「……這也太弱了吧？」

胡桃俯視著倒在地上的堂上一夥人，表情依然凝重。

第3章
共享絕不妥協的意念

——堂上的確對操場施放魔法，與追來這裡的胡桃戰鬥時，也發揮了超乎常人的力量。然而他們的程度，與日前在車站月台襲擊刃更的乘客並無多大差別。再考慮到剛剛出現了一個包圍刃更和橘的結界——

「他們也只是被操縱的……另外，這個感覺……」

胡桃感到有種不快的氣息籠罩著整個校地。

不會錯——現在有兩個結界。不只是操場到校舍，還有另一個結界包圍了整個校地。兩者力場波動頻率相近，表示它們應不是由多人分開張設，而是同一人以層疊方式所為。可是——

「就連我和姊姊，也沒辦法張開雙重的結界……」

勇者一族中能辦到這種事的，也只有專修結界魔法的極少數人；而造成如此狀況的幕後黑手，卻能夠張設雙重結界、操縱堂上等人。這麼一來——

「…………………！」

一想像到對手的實力，不祥的預感就在胡桃心裡急速膨脹，一團酸唾穿喉而下。

……要趕快通知姊姊他們才行。

身為精靈魔術師的胡桃是透過她所使役的精靈回報，才注意到結界是雙重構造。柚希手中的靈刀「咲耶」也宿有精靈，但技能型的她只能向「咲耶」傳達自己的意念，無法清楚理解「咲耶」；而澪雖和胡桃同樣是魔力型，不過她是使用自身所攜魔力的高階魔法士，且使用魔法的經歷還不足一年，要她對周圍波動的異同保持敏感實在不易。

「──不對，更重要的是──」

犯人恐怕就是在學校另一邊張開結界的同時，和刃更一起失訊的橘。

所以，胡桃請求精靈們追循堂上體內魔力的來源。若要與關在結界內的刃更會合，追循橘的魔力找出突破口是最好的選擇。可是──

「……咦？」

精靈們迅速送回的答覆，卻使野中胡桃愕然失聲。

經過追循，操縱堂上的魔力確實是來自橘七緒；但是──另外還有種力量隱藏在橘的魔力之中，也操縱著堂上。

「這是怎樣……」

未曾發現的波動，使胡桃疑惑地追循其來源時──

「──咦？」

忽然感到背後有人而急忙轉身──但她辨不到。

因為在那之前，胡桃的意識已急速遠去。

就連叫也來不及，野中胡桃就這麼暈了過去。

8

吸血種族相當難以應付，其中以吸血鬼最具代表性。

他們不僅能以吸血或輸血使對手化為供自己使役的眷屬，體能遠勝於人類，又兼具使用魔法的能力；此外，還能以魔眼強制催眠、操縱目標的意識，自身肉體更可以自由變化成霧狀或蝙蝠等型態。

——簡言之，他是個大意不得的對手。因此戰鬥開始後，刃更在橘的多樣化攻勢下被迫採取守勢，但戰況正慢慢地倒向刃更。

橘的實力確實驚人。若是剛認識澪、和柚希重逢時的刃更，恐怕贏不了他；不過——現在的刃更不可同日而語。

儘管那五年的空白應還沒完全填補過來，但實戰的感覺已經找回得差不多了，也與結了主從契約的澪和柚希加深關係，戰鬥力獲得不少強化。

而且——百場訓練所能得來的經驗，往往勝不過一場實戰。刃更曾與化為成體的萬理亞和高階魔族佐基爾等Ｓ級對手交戰，拚命突破接踵而來的死亡威脅，又將刃更的實力更提昇一層樓。

——現在，空間複製型的陰暗結界中。

從操場開始的戰鬥，已經轉移到校舍之內。二樓走廊連續迸響的尖銳金屬聲——就是布倫希爾德與橘的雙爪交擊而激出的戰鬥聲。雙方你來我往中——

「————！」

橘向後遠遠跳開，並於著地時一手貼在走廊上張開紫色魔法陣，地面霎時刺出無數尖銳的巨大圓錐，要在刃更身上開洞。

但刃更早一步跳開迴避，並利用速度型的高速從左側牆面衝上天花板，再繞到右側牆面向橘疾奔；圓錐也緊跟在一步之後，挾帶劇烈轟聲從牆面及天花板不斷追來。

當圓錐彷彿要阻擋去路般搶先出現在刃更面前的牆面時，他蹬足一躍，直接向橘衝去。見到刃更以水平軌道跳來，橘所做的是同時射出所有地面、牆面和天花板上的圓錐，刃更接著擺出斬擊架勢——

「喝啊啊啊啊啊啊啊啊啊啊啊！」

凌空扭身，大喝一聲並斬出布倫希爾德，以斜挑彈散背後逼來的無數圓錐，並順勢再度扭身。

對背後圓錐的防禦，就此流暢地轉換成對正面橘的攻擊，速度絲毫不減地揮劍一斬。

第3章
共享絕不妥協的意念

橘向後退開的同時變化型態，布倫希爾德跟著擦過他化為雲霧的身體——

「…………！」

但橘的表情仍痛苦地扭曲。霧化的時機稍有延誤，沒能躲過刃更的斬擊而受了傷。儘管如此——

「唔——啊啊啊啊啊啊啊啊啊啊啊！」

橘還是在刃更著地的那一刻迅速刺出右手，但那銳爪的速度及路線已被刃更完全看透。他將頭稍微向橫一扭，以最小幅度的動作避開橘的銳爪，並反以布倫希爾德的柄尾搥擊橘的下顎；腦部受到震盪的橘，動作也因此稍有停頓。

刃更立即朝他的身體反掃出劍——但用的是劍背。

緊接著轟聲爆響。橘整個人由背撞上右側教室的門，並帶著因衝擊而脫落的門飛進教室、摔在地上。

「唔……嗚……！」

橘一臉的痛苦，但仍試著爬起。

「！……竟敢瞧不起人……！」

並以充滿敵意的眼睛瞪視刃更。那雙鮮紅的眼，表示橘的戰意絲毫未減。正面承受那眼神的刃更心想——

感，誘騙難得成為朋友的兩人，親手以毫無意義的戰鬥破壞彼此之間建立的信賴。

……不過……

幸好最壞的情況沒有發生，雙方依然安好。那麼現在該做的，就是不能再讓真凶稱心如意，於是刃更消解了布倫希爾德。

「你、你幹什麼……？」

意料外的舉動，使橘神情警戒起來。

「橘——用你的魔眼看我的眼睛吧，這樣你就會知道我為什麼要收起武器了。」

「咦……？」

「你也知道，我們勇者一族對魔法比較有抵抗力；假如集中意識來防禦，除非力量真的很強，否則操縱意識對我們是沒效的。能操縱意識的魔眼是透過眼睛擾亂深層意識，應該能看透我的心思吧。」

接著——

「只要這麼做——你就會知道我為什麼放棄戰鬥了。」

刃更說的是「放棄」，而不是「停手」之類，表示他先以言語表達他對橘已不願再戰。

不過——

「……你在打什麼主意？對上吸血鬼還在這麼近的距離收起武器，就算魔眼控制不了

第3章
共享絕不妥協的意念

你，我也能用吸血把你變成我的奴隸啊……」
橘沒有放鬆戒心。這是當然的，現在無論說什麼都不可能搏得他的信任。
「因為我希望你自己看清楚……」
但東城刃更依然說出了事實——自己真正的心意。那就是——
「橘……我真的希望和你一起讓運動會成功結束，現在也沒有改變。」
這句話令橘不禁顫抖。深層意識會受到自身發言的影響，橘只要用魔眼往刃更眼裡一看，馬上就能知道他剛說的是事實還是謊言。
「……那好吧，如果你說謊，我的牙一定會刺穿你的脖子。」
說完，橘就往刃更眼裡看去。
以他能看透心思的紅眼，專注地凝視刃更。不久——
「…………！」
那雙眼驚愕地大睜，緊接著在其周邊浮現的，是淚水。
「怎麼……會……那……那我們……」
知道了殘酷真相的橘茫然呢喃，無力地垂下頭，豆大的淚珠滑落臉龐。於是刃更放開抓

著橘的雙手，橘也因此倚著黑板滑落、癱坐下來，雙肩跟著大幅抖動。對於朋友這樣的反應

——

「橘……」

東城刃更除了低語他的名字，什麼也不能做。他很明白，這只是一場誤會。

但儘管如此——遭到破壞的事物，並不會就此復原。

沒有任何安慰能夠挽回現況，而且自己也不能再逗留下去了。

既然橘不是真凶，真凶就另在他處。

……他該不會是想把我關進結界再去對付他們吧……？

一陣不安油然而生。

「！——……？」

這時刃更忽然感到某種氣息，頓時寒毛倒豎，全身緊繃起來。

「？東城同學……？」

不知發生何事的橘抬起淚汪汪的臉問。

「橘，你先在這裡等我……——知道嗎！」

大喊著這些話之後，東城刃更觸電似的衝出教室。

第3章
共享絕不妥協的意念

東城刃更前往的，是以主從契約的辨位能力所感應到的，澪和柚希的位置。

——如果她們兩人處在結界外，結界內的刃更原本是無法感應到她們的。

但是，刃更等人的主從關係已加強了不少。那麼，自己會不會已經能跨越結界感應她們的位置呢？……一這麼想，刃更就嘗試使用辨位能力尋找澪和柚希。

結果，還真的發現了她們的反應——但不是在結界外側，而是內側。

……可惡！難道真的和那個人有關嗎……！

刃更迅速奔向兩人在結界內的反應位置，表情逐漸變得苦澀。

嫌疑人已經篩除到最後，也做好面對事實的心理準備了；不過東城刃更心中某個角落，還是相信——不是那個人做的。然而——

「那是……」

當衝下樓梯、看見目的地就在走廊另一端時，刃更目擊到了他不願相信的情景。

那是片亮麗的白色。她身穿註冊商標般的白袍，對她職掌的房間門口伸出右手——且手上裹著一團金色的光輝。

「！——長谷川老師！」

刃更大聲呼喊對方的名字，而聲音也一定傳進了她的耳裡，可是——

「————」

長谷川千里不理會刃更的制止，在右手前方——門上張設魔法陣。保健室的門和牆緊接著在尖銳的聲響中整個化為灰色，澪和柚希的反應也隨後消失。這個現象，和澪被囚入設有特殊結界的佐基爾的巢穴時相同。

——然後，長谷川千里終於轉過身來。

以沉靜雙眸注視刃更的她，全身仍散發著一如往常的絕倫美感。於是——

「……老師，請妳離開那裡。」

刃更在距離長谷川十公尺處停下，與她相對地這麼說。

刃更心中那一廂情願的期望已經蕩然無存，只剩下接受眼前事實、無論如何都要達成自身目的的意念。所以就算看見長谷川使用魔法，手持布倫希爾德的刃更既不驚訝，也不想問為什麼。知道長谷川將澪和柚希關進某種結界內——這就足夠了。

「請離開那裡……澪和柚希都在裡面吧，把她們還給我。」

刃更將布倫希爾德的劍柄牢牢緊握，表示倘若長谷川不願離去就要動用武力的決心。不過——

「……很抱歉，我不能這麼做。」

當長谷川輕輕搖頭時——東城刃更已經動身。

第3章
共享絕不妥協的意念

……管他是什麼結界……！

無論是如何強力的結界，「無次元的執行」都能消滅。

——當然，「無次元的執行」只能在遭受對手攻擊時發動。

但現在，刃更是被禁錮在包覆學校及操場的結界內，已經達成「無次元的執行」的發動條件。這麼一來——

……如果在發動的情況下，把目標轉為封閉澪和柚希的結界……！

這是略嫌強硬的應用攻擊。刃更至今還無法同時看清兩個對象的天元，不太可能完全消除這個結界；但就算不完全，也應該能打散部分結界。只要結界有了缺口，或許就能從那裡進行突破。因此——東城刃更出手了。

「喔喔喔喔喔喔喔喔喔喔喔喔喔喔喔喔喔喔喔喔喔喔喔！」

在走廊起腳、瞬時就到達速度型神速領域的刃更，直接反持布倫希爾德向長谷川橫掃而去；相對地，長谷川只是輕輕提起左手。長谷川的選擇不是閃避，而是防禦，或許是企圖以魔法障壁或具現化的器物等承受攻擊——無論如何，刃更都能以利用這一擊的衝擊為支點再次加速。布倫希爾德的劍身就這麼導向長谷川提起的左手——

「啊……！」

但已經採取加速動作的刃更，卻錯愕地停在原地動也不動。

因為布倫希爾德那寬厚巨大的劍身，竟被長谷川纖瘦的左手抓個正著；別說是加速，就連動作也完全封死。

「——看來你失算了呢。」

說完，長谷川向刃更伸出右手，手中發出眩目的金色光輝——

「——東城，快躲開！」

同時背後有道聲音如此大喊。

「！——……！」

東城刃更跟著反射性地解除布倫希爾德，趕緊退開。

同時，一道巨大火柱帶著震撼大氣的轟隆聲包圍了長谷川。

面受劇烈熱流的刃更仍是安然著地，並向後望去。站在那裡的，是刃更熟知的人物——班級導師坂崎守。

「老師你怎麼會……？」

「還發什麼呆，快跑啊！」

導師的突然出現，使刃更愣在原地。坂崎跟著一把抓住他的手就跑，要將他強行帶離現場，但刃更卻用力踩住了腳，說：

「先、先等一下！澪和柚希還沒……」

第3章
共享絕不妥協的意念

話剛出口，空氣轟隆一聲產生渦漩，掃開了包圍長谷川的火柱。

「——！」

那不是風。掃開坂崎的火焰的，是遭到多重立體構造的魔法陣強行扭曲的空間。只見長谷川受到那般劇烈火焰侵襲也仍毫髮無傷——

「你竟然……」

並在低聲這麼說之後，全身迸射出金色的氣場。坂崎的攻擊似乎是激怒了她，帶著對上刃更時所沒有的強烈憎惡朝這邊看來。

「…………！」

她散發的壓迫感，比佐基爾或成體化的萬理亞都更為強大。開什麼玩笑——誇張到這種地步，已經不曉得超越S級的層次多少了。這時坂崎對不禁抽口氣的刃更大喊：

「正面攻擊是絕對打不贏她的，現在先撤退，想好對策再來吧！」

「……你以為你跑得掉嗎？」

這麼說的長谷川朝他們伸出了右手。

但在她攻擊之前，一團黑霧將她層層包圍，接著——

「——快跑啊，東城同學！」

走廊另一端傳來喊聲。是應該留在樓上的橘七緒。

橘的語氣和焦急的表情，都切實地催趕著刃更立刻撤退。

——不能丟下澪和柚希，但坂崎說的也是事實，在毫無計策的狀況下對戰長谷川，勝算實在太低。因此——

「可惡……！」

刃更不甘地喀喀咬牙，和坂崎跟橘一起逃離現場。

9

選擇暫時撤退的刃更等人，跑進了三樓某間特別教室。

這個由具有水槽、瓦斯爐、多種抽屜的厚重流理台等距排列所組成的空間，是坪數及設備皆不遜於烹飪學校的家政教室。

「——你們都沒事吧？」

坂崎深深地呼出一口氣後問。

「嗯……我沒事。」「……我也是。」

刃更和橘一起點頭回答。

第3章

共享絕不妥協的意念

「可是，老師你怎麼會……？」

並對眼前的坂崎提出疑問。這是問他為什麼會幫助他們——同時，也問他為什麼能使用異能。橘也彷彿有著相同疑問，默默地等待坂崎回答。只見坂崎帶著平時那副爽朗笑容說：

「其實我和迅是老朋友。他請我在他去魔界的這段時間照顧你，所以我才會在這裡。」

「你是老爸的……？那麼——」

刃更想起了轉學當天和坂崎的對話，坂崎也跟著苦笑。

「對啊。我們第一次見面那天，不是問我知不知道迅在我們學校的熟人是誰嗎，其實就是我。我不是勇者一族的人，不過我還是有點特殊能力，就像你看到的那樣。」

坂崎的話引發了刃更幾種想像。勇者一族是為了對抗整個魔族而產生的組織，而有些人主要是對付橘這樣的吸血鬼等亞人或幻獸，選擇以個人為單位進行活動，成為不受組織侷限的退魔師、陰陽師或驅邪師。坂崎多半就是這類人吧。

「原來是這樣啊……」

「抱歉一直瞞著你，這是因為我希望盡可能地掩飾身分，這樣才能在暗地裡行動，也容易在必要的時候助你一臂之力。其實我也很想幫你對付那些想對澪不利的魔族或勇者一族，可是……」

坂崎表情嚴肅起來。

「很抱歉，我是這個學校的教師；要保護的不是只有你，還有其他很多人。長谷川來到這裡以後，就等於所有和這所學校有關的人都被她當成人質；如果我隨便行動而被她識破，不知道她會用多少人當肉盾——請你體諒。」

「不需要這樣，剛剛幫我那一次就很夠了……謝謝老師。」

澪和魔族與勇者一族之間的問題，是刃更幾個必須親手解決的事，怎能假他人之手。不過——

……又被老爸幫了一把。

柚希沒受到「村落」的責罰，也是迅暗中斡旋的結果，說不定他還安排了更多更多。當刃更因父親的可靠而感到安心時——

「可是東城，我之前不是說過了嗎——要小心長谷川千里。」

「…………對不起。」

坂崎責問的口吻，使刃更低下了頭。

「那個，坂崎老師……長谷川老師到底是什麼人啊？」

橘從旁怯怯地問，坂崎搖頭回答：

「我也不清楚……只知道她和你們看見的一樣，擁有很可怕的力量。幸好到目前為止，都沒有發生什麼大事。應該是她為了避開麻煩，把周遭每個人的意識都視需要從她身上轉移

第 3 章
共享絕不妥協的意念

開來的緣故。所以我一直偷偷觀察，避免刺激到她……但最近情況忽然有所變化。」

「那麼，堂上學長突然怪怪的該不會也是……？」

坂崎「是啊」地點點頭，發問的橘跟著「怎麼會……」愕然低語。

這也難怪。勸橘加入學生會的就是長谷川，知道她打算破壞運動會，當然會大受打擊。

「……坂崎老師，你設下的結界大概可以持續多久？」

「我沒辦法說得很精準，一個大概是五分鐘，所以總共有三十分鐘吧。」

「這樣啊。那麼——」

刃更冷不防掃出布倫希爾德。沒有任何預備動作，完全是偷襲。正常而言，是一定躲不開的。現在——

「！——東、東城同學？」

橘當場不知所措，聲音裡充滿了錯愕。

可是——坂崎卻不同。他向後一跳，躲開刃更的斬擊後輕巧地著地。

「東城……我能體諒你最近發生很多事，不容易相信別人。現在你也看到了，我並沒有被她操縱。」

「是啊……我知道老師帶我們來這裡，完完全全是出於自己的意思。可是——」

刃更將布倫希爾德直指坂崎說道：

「這件事，就是你才是敵人的鐵證。」

「為、為什麼……？」

刃更對不明就裡的橘說：

「你聽好。我轉來這所學校，是因為老爸說這裡有他的熟人，而坂崎老師說那個人就是他……這是不可能的。」

因為——

「長谷川老師放出的壓迫感非常驚人……毫無疑問地，那遠遠在坂崎老師之上。照坂崎老師的說法，他知道長谷川的存在已經很長一段時間了；假如他真的是我爸的朋友，正常來說，應該會阻止我轉過來才對。」

「啊……」

在橘恍然大悟地驚嘆時——

「我不是說了嗎？長谷川的力量雖然很強，但只要不刺激她就不會造成太大的威脅。而且你來這所學校是為了保護成瀨——」

「一旦惹毛就沒辦法處理的對手還不算是威脅嗎？正常在這種情況下，應該不是要我轉來這裡，而是請澪轉來我本來念的學校吧。」

刃更打斷坂崎的解釋，繼續說：

「而且老爸說過，他以前就對澪她們做了一些調查；所以在調查過程中，一定會發覺長谷川千里的存在才對。」

「現在監視澪的野中和瀧川，都沒發現長谷川的真實身分了……迅和你一樣離開了勇者一族那麼久，更不容易發現吧。」

「假如真是那樣，你沒有警告老爸長谷川老師的存在，反而更奇怪。再說，短短五年的空白基本上是不可能讓我老爸感覺退化的；就連我，也看得出對手實力大概有多少。在我看來，你的實力是很堅強——」

刃更直視坂崎說：

「可是很抱歉——我不認為你在我爸之上。既然你都發現長谷川老師的力量了，老爸不可能沒發現。而老爸明知長谷川有那麼強大的力量，卻沒有給我任何忠告……這是為什麼呢？」

答案只有一個。

「因為根本沒必要。老爸知道長谷川老師的力量，也知道她絕不會成為我們的威脅。」

長谷川的強大力量，反而道出了事實。那就是——

「老爸的熟人根本不是你——是長谷川老師才對。」

諷刺的是，刃更是誤以為被坂崎這個真凶解救而來到這間家政教室之後，才能夠如此確信。這麼一來，長谷川將澪和柚希關進保健室，應是有她的用意。

她們一定不會有事——所以接下來只要打倒坂崎，事情就結束了。

……三十分鐘啊。

不曉得敵人的話有多少可信度。若他所說為真，那麼在單純等待的情況下，得花上三十分才能和長谷川會合；兩人一旦會合，應該就能輕鬆打倒坂崎，而坂崎自己應該也很清楚這件事。那麼——

……咦？

東城刃更的思緒忽然遭到打斷。他見到坂崎在這種時候仍帶著平時那副爽朗笑容，向他看來。那樣的視線，和車站的深夜襲擊之後，刃更時常在學校感到的視線如出一轍。

「哎呀呀，真是沒辦法……」

坂崎不改笑容地這麼說的瞬間——

「呃——……！」

某種看不見的衝擊擊中刃更的腹部，將他整個人向後轟飛，背部狠狠撞上黑板，連肺都忘了怎麼動作。當衝撞的反作用力使刃更彈回空中時——

「！——東城同——」

橘的叫喊才剛出口就忽然斷絕了。那是刃更所受的衝擊，也從正上方轟中了橘的緣故。

第3章
共享絕不妥協的意念

也許是立即就奪去了他的意識吧，被打趴在地的橘動也不動。

這樣的畫面，讓衝擊遍布全身而難以呼吸、視野模糊的刃更——

「——！」

勉強保持姿勢由腳著地——同時使勁一蹬，猛然向前。

現在橘不省人事，那麼逃脫家政教室、破壞坂崎的結界趕到長谷川身邊這條路就斷了。就算要利用速度型的速度抱著橘逃走，也會遭到坂崎在來路所設的數道結界阻攔，一下子就會被他追上。

那些結界為的不只是拖延長谷川，也是防止刃更幾個逃跑的屏障吧。既然逃不了……就只能一戰。

「！——喔喔喔喔喔喔喔喔喔喔喔喔喔喔喔喔喔喔喔喔喔喔喔喔喔喔喔喔喔喔喔喔喔！」

從腹中擠出激奮的嘶吼，強行使肺葉重新動作後，東城刃更出擊了。

刃更以指向坂崎雙眼的布倫希爾德為盾，壓低姿勢，在流理台之間穿梭疾奔。這樣的舉動，是為了對付那看不見的衝擊，這樣就能封阻來自前方及左右的攻擊。

多半不會有來自後方的攻擊。自己已將坂崎鎖定在正面，假如衝擊從背後轟來，只要改變體態、順勢往前攻擊就好。預想很快就成真，衝擊果然從上方攻來，刃更即刻以加速迴避；並就此一口氣逼近坂崎，高舉布倫希爾德向下劈斬。坂崎理應不能躲開這次攻擊——一旦躲開，刃更就會直接以布倫希爾德破壞家政教室的地面，開出一個通往下方二樓的洞。既然坂崎想阻止刃更與長谷川會合，那應該是他最想避免的事態。於是刃更從坂崎會採取的動作中排除迴避的可能，準備強行突破任何防禦般奮力一斬。

「——原來如此。」

坂崎不改笑容，以看不見的衝擊對撞刃更的斬擊；但刃更斬擊的威力更勝一籌，帶著「鏗！」地尖銳聲響彈開坂崎的衝擊波。刃更沒有因此停手，繼續斬下布倫希爾德——不過斬擊與衝擊對撞後產生的些微延遲，已足以讓坂崎後退拉開距離。然而——

……別想跑！

刃更即刻跟上。就算坂崎能在刃更的攻擊距離外發出衝擊，只要距離趨近於零就有誤傷自己的危險，自然能夠降低他釋放衝擊的次數。他手上沒有武器，很可能是魔力型——一旦距離縮短，身為速度型神速劍士的自己數招之內就能壓制對方。

總而言之，近身戰鬥是刃更唯一的勝機——而他也這麼做了。

「喝啊啊啊啊啊啊啊啊啊啊啊啊啊啊啊啊啊啊啊！」

刃更瞬時衝進布倫希爾德的可及範圍內，順勢連斬而去。

由於錯誤的閃躲可能會使得刃更破壞地面，坂崎就地施放護壁，防禦刃更縱橫交錯的無數斬擊——

第3章

共享絕不妥協的意念

「真傷腦筋……她很快就會過來，別讓我花太多時間好嗎？」

並在帶著無奈笑容這麼說的瞬間，放出了衝擊波。

可是——目標不是刃更，而是倒在一旁地上的橘。

那是由上往下的攻擊，為了不轟穿地面而控制了力道。擁有吸血鬼的強韌和恢復力的橘，應該不會受到太重的傷害，但是——

「…………！」

見到失去意識無法抵抗的朋友遭受攻擊，使刃更不禁心生動搖而拖慢了攻擊速度。坂崎趁隙後退一步，右手掌對準刃更說：

「哈哈哈——東城你真是個好人耶。」

下一刻，坂崎放出的衝擊擊中了刃更的肩頭。

「呃！啊……！」

一直採取守勢的坂崎，彷彿洩憤似的朝反仰著浮上空中的刃更追擊而來，無數衝擊波不停轟在撞上牆邊玻璃櫃的刃更身上。

「呃啊啊啊啊啊啊啊啊啊啊啊啊啊啊啊啊啊啊啊！」

在衝擊的連續槌打中，玻璃碎片在刃更全身各處劃下無數傷痕。儘管如此，刃更仍以布倫希爾德斬裂接連襲來的衝擊波之一，並立即離開牆邊。然而——

「——————！」

當他再度衝向坂崎之際，突然倒抽口氣停下動作。那並不是因為受傷，坂崎身旁——就在他側邊，有名少女浮在半空中。

「！……胡桃！」

刃更忍不住叫出她的名字，但胡桃沒有反應。相對地，坂崎開口說道：

「你放心，她只是昏倒而已——再怎麼說，她可是我貴重的人質呢。不過她現在只是失去意識，如果不希望她連命都沒了，東城刃更，你最好識相一點。好啦——」

坂崎的笑容變得更為爽朗。

「抱歉，我時間不多了——能請你放下武器嗎？」

「……………………………………！」

縱使刃更牙都咬得磨出聲了，到最後還是不得不聽從坂崎的要求，畢竟胡桃的性命無可取代。不過——絕不能就此放棄。

……還沒完呢……！

坂崎的目標是刃更，而且很可能是為了「無次元的執行」；這麼一來，他應該不會輕易下殺手，一定還會有反擊的機會。就在這麼想的刃更要將布倫希爾德扔進空中時——他忽然聽見一道「咻」的風鳴聲。

第3章

共享絕不妥協的意念

「——————」

仔細一看，坂崎抬起了立著食指及中指的右手。

——下一刻，刃更的身體隨著「喀鋃」的金屬聲向右傾斜。

刃更趕緊踩腳站直，心想：「這是怎麼回事？」然後看見了。

布倫希爾德已經落在地上——連同裝甲化的右臂一起。

……咦？

在思考靜止的剎那間，遭切斷的剩餘手臂——肩口部位噴濺出大量鮮血。

感覺不到痛楚，只看得見血不斷湧出，且意識急速稀薄。

……！這是……！

刃更大為焦急。這意識的混濁並不是由於大量失血，恐怕是坂崎趁刃更發現自己受到重傷而意識產生破綻時，操弄了他的精神吧。

無論如何都要撐過去——才剛這麼想，全身的力氣就急速流失。

一回神，眼前已經是家政教室的地板，且轉眼間變得一片黑暗。

……可惡……！

怎麼能就這樣敗在這裡。刃更以僅存的左手拚命摸索布倫希爾德，但在滿眼黑暗中，他的手也只摸到地板。

很快地，刃更就連這點掙扎也做不到了。當他放棄挽留意識之際——

……是、誰……？

東城刃更依稀聽見某人的聲音。

而意識完全受黑暗吞噬——已是緊接在那之後的事了。

10

坂崎確定倒地不起的刃更完全昏迷、無法再戰後——

「現在呢……該加快動作了。」

與刃更戰鬥時，已有兩道結界遭到突破，她很快就會來到這裡了吧。在那之前，非得設法離開這裡不可。

「——不過，要走也得先收拾乾淨再走。」

說完，坂崎往一旁昏厥的胡桃和橘看去。既然已經得到刃更，人質就沒用了。帶著累贅上路不僅會拖慢速度，穿越空間時還容易留下蹤跡；不如趁現在斬草除根，以絕後患。於是，坂崎朝胡桃和橘伸出右手——而眼角一帶，刃更倒在地上的身影也在這一刻消失了。

第3章
共享絕不妥協的意念

「什麼……——唔啊啊啊啊啊啊啊啊啊啊啊啊啊啊啊啊啊啊啊啊啊啊啊啊啊啊！」

坂崎轉身發出的驚嘆瞬間就成了哀號。一道看不見的衝擊從正面將他轟飛，接著是一連串的轟聲。那是如砲彈般彈飛的坂崎，撞穿家政教室的牆和並列的多間教室所造成的聲響。

坂崎接連掃過了五間教室，將硬實的黑板、講桌、棋布的課桌椅、置物櫃等都撞得七零八落——最後由背撞上工藝教室的巨大機具才終於停下。之後——

「呃……唔……哈……！」

苦悶呻吟中的坂崎吐出了大量鮮血，明顯表示五臟六腑有所破裂，就連肋骨也不是骨折那麼簡單，早已碎不成形了吧。

……到、到底是怎麼了……？

痛得視野歪曲的坂崎好不容易才能夠集中心神，一團金光跟著包覆了他，急速修補肉體損傷。儘管如此，坂崎一時間仍動彈不得，只能稍微抬頭。

「！…………？」

並在自己原來的方向看見一團綠火般閃曳的氣場，忍不住倒抽口氣。陰暗的結界中，逸散鮮豔光點的氣場正緩緩逼近坂崎。

那確實是東城刃更。在坂崎撞出的教室殘垣——滿地的碎磚殘木上，他踏著穩健步伐一步步走來，讓坂崎看得不禁瞪大了眼。刃更的出血已經止住，且不僅如此——

……被我切斷的右手怎麼……！

刃更原應被切斷的右臂業已復原，並緊握著布倫希爾德。

不，正確而言，那並不是復原。過去具現出布倫希爾德時，只有右手會裝甲化；但現在的刃更軀幹及背部都蓋上了裝甲——有如受到裝甲的侵蝕。

接下來——

「————————」

刃更的眼珠凶惡地轉向坂崎，彷彿鎖定獵物的野獸，以不同於平時的目光注視坂崎。一和他對上眼——

「！——啊啊啊啊啊啊啊啊啊啊啊啊啊啊啊啊啊啊啊啊啊！」

結束自癒的坂崎守就企圖擺脫高漲的恐懼般嘶吼。

名為恐懼的本能戰勝了理性，讓坂崎忘了自己原想活捉刃更，在空中放出無數金色光球並一舉釋放，光球就這麼拖曳著流星般的光帶疾速水平飛向刃更——

「————————！」

他卻在空中劃出斬擊軌跡的劍光，在轉瞬間將它們完全消滅。緊接著發出的鳴動聲，表示刃更發動的無疑是「無次元的執行」，不過——

……他居然連續發動了那招……！

不可能，怎麼會有這種事。考慮到完全消除的成功條件，要連續發動基本上是不可能的事。如此的訝異，使坂崎的思考產生了剎那的空白。

刃更的身影就這麼消失在坂崎眼前，只留下飄散的光點。霎時──

「──────！」

反射性的扭身救了坂崎自己一命。布倫希爾德下斬的劍光，掃過了坂崎頭部原在的位置。但這閃躲並不完全，左耳頓失聽力，讓左耳被削掉的想法掠過了坂崎腦中。

……不對。

光是削掉耳殼並不會造成聽覺的喪失。坂崎一邊進行閃避動作，一邊觸摸頭部左側。沒有痛楚、沒有出血，但左耳確實失去了聽覺。彷彿──聽覺的存在從這世上消失了似的。

「該不會，那不止能用在反擊……！」

在前所未有的驚愕中，坂崎迅速與刃更拉開距離。他不止能連續發動「無次元的執行」這完全消除技能，還可以用在攻擊上？怎麼可能。「無次元的執行」的發動條件，就是為了限制它過於強大的力量啊。

如果能忽視那些條件──

「那他豈不是………呃！啊啊啊啊啊啊啊啊！」

刃更瞬時繞到了坂崎面前──而緊接著放出的橫掃，奪走了他的右腹側。

第③章
共享絕不妥協的意念

下一刻，因劇痛而踉蹌的坂崎被刃更一把掐住喉管——

「！……呃……哈啊……！」

並以足以掐響頸骨的力道舉起他。呼吸困難的坂崎，在這時看見了。

散發綠色燐光、手持布倫希爾德的刃更臉上，帶著陰慘的微笑。

——這使得坂崎立刻想說點話制止他。

什麼都好，即使是扯謊也行。

總之要儘快說點什麼制止刃更就對了。然而，刃更隨時能扭斷坂崎脖子的握力，讓他一句話也成不了聲。接著——

「————————」

刃更揪起眉心，更加使力地緊握布倫希爾德——要使出「無次元的執行」，消除坂崎整個人的存在時——

「——到此為止。」

一道沉靜話聲忽然響起——下一刻，金色鎖鏈纏上刃更，封住他所有行動。

就在如此千鈞一髮之際，坂崎保住了性命。

「！……哈啊……哈啊……我竟然會被這種……！」

兩膝悵然跪地的坂崎憎惡地呢喃，並瞪著被捆在空中的刃更。這時——

「——你也有今天啊，歐尼斯。」

那聲音語氣刻薄地喚出坂崎的真名。轉頭一看，只見她緩緩走來。

「您怎麼能進來這裡……」

「有什麼好奇怪的？你設來阻擋我的那些結界，早就在刃更被你弄到失控而亂發無次元移轉的時候全都消滅了。」

這麼說之後，長谷川千里冷笑一聲。

「勇者一族那麼簡單就決定把能力會失控的刃更逐出村落，你以為是為了什麼？就算墮入這個世界、為封印邪精靈而奉獻自己的身軀和魂魄，布倫希爾德還是為主神獵回最多靈魂的最強女武神啊。」

「！……想不到被封印了以後，還能有這麼強大的力量。」

恐怕是布倫希爾德的靈子在刺於大地的期間，與其封印的邪精靈和日後成為其使用者的刃更發生了不為人知的融合，才能在名為劍的容器中維持強大力量和部分自我。刃更右臂再生等一連串的失控行為，肯定是由於被斬離刃更的布倫希爾德，為了維持自身存在而不顧一切地想回到宿主身上，最後本能性地對影響其存在的坂崎起了殺意所導致。

可是……

就算布倫希爾德是壓過宿主刃更的意識、顯化在他的肉體上而導致失控，但與刃更的肉

第3章 共享絕不妥協的意念

體結合的她，所能做的任何一切都不會超過宿主所能。事實上，「無次元的執行」並不是布倫希爾德自己的能力。

換言之——「無次元的執行」的連續使用、無視只能用於反擊的限制以及坂崎所反應不及的神速，全都是刃更自身的潛能。

坂崎一直暗中嘗試治療左耳及右腹側所受的傷害，但遲遲沒有效果。這是因為「無次元的執行」斬斷了其存在的根源，讓那些部位成為從來就不曾存在過的事物。當坂崎再度為那力量感到害怕與震懾時——

「你怎麼……不選成瀨或野中作人質，偏偏要選野中的妹妹呢？」

「……因為我認為，對成瀨或野中下手一定會被您看穿。」

坂崎回答長谷川說：

「現在，您用雙重結界把她們關進保健室，是為了保護她們不受到我的傷害吧。」

因此，反過來利用了這點。認為長谷川有嫌疑的刃更見到那一幕，疑心自然變得更重，坂崎就趁機以救助刃更的形式介入，並認為搬出迅的名字，就有機會使刃更疏忽大意。

「原來如此……所以你是為了得到無次元移轉，才利用橘跟堂上的人和感情，還騙刃更說我改變了堂上的人格，好讓他懷疑到我頭上嗎？本來你是想用這招煽動刃更，同時擺我的道……結果反而被刃更識破，最後還陰溝裡翻船了。」

長谷川繼續對表情愈來愈糾結的坂崎說：

「——不過有一點我不明白，你為什麼要在刃更從我家回去的時候襲擊他？做那種事，不是只會引來他的警戒嗎？如果想得到無次元移轉，還是避免打草驚蛇比較好吧，為什麼要刻意降低自己的成功率？」

聽見這個問題，坂崎——歐尼斯開口了。

「……這還用說嗎，阿芙蕾亞大人。」

他以真名稱呼長谷川，並說：

「因為東城刃更——那個不知好歹的小鬼，竟敢接受您的恩寵啊。」

長谷川千里聽著歐尼斯語帶憎惡地說：

「雖然您在保健室和自己的公寓設下看不見的結界，讓我無法窺視裡面的狀況……但從東城離開您的公寓時的樣子，不難看出發生過什麼樣的事。」

歐尼斯惱怒得發抖地說「到底是為什麼？」，問道：

「像您這樣尊貴的人物，為什麼要那麼做呢……！」

「我明白了……你是因為這樣才想強行取出無次元移轉，然後殺了他啊。」

第3章
共享絕不妥協的意念

長谷川眉頭一皺，說：

「——就像殺害真正的坂崎守那時一樣。」

歐尼斯的嘴角隨這話翹起——而他也在這瞬間恢復原來的姿態。

「是的，那有哪裡不對嗎？憑他那樣不知自己有多卑賤的人類也敢妄想親近您……我只不過是趕走了一隻骯髒的蟲子，何錯之有？」

他臉上浮現的笑容，明顯地摻了些狂氣，變得陰毒。

「您那無上的美貌，是任何人都不得侵犯的絕對聖域；縱使您封印力量來到這個世界，這個事實也不會改變。而保護這個聖域，自然是受命看守您的我的使命。」

歐尼斯這番話，讓長谷川千里心中極為不悅。

——前陣子，長谷川曾針對「嫉妒」這感情的棘手之處，和刃更有過一段對話。

當時她說，嫉妒單純是單純，但深到一定程度後反而特別麻煩。那並不是出自她的推測或概論，長谷川身邊就跟了歐尼斯這麼一個麻煩；然而長谷川對他沒有任何處置，直到今天。為了方便歐尼斯進行監視任務，當他殺了真正的坂崎守並取而代之時，長谷川也視而不見；因為坂崎守其實是個私底下對女學生幹盡各種齷齪事的人渣，就算歐尼斯沒動手，也遲早會惹出問題而死在別人的暗算下。

此後，長谷川為了避免歐尼斯加害其他男性師生，轉移他們的意識不讓他們接近。只是在喝了酒之類精神處於解放狀態時，還是會有人想一親芳澤就是了。

——對於如此的長谷川而言，刃更是唯一的例外。長谷川原本只想遠遠看顧，但刃更卻在迅的安排下，也來到這所學校念書。

於是——與刃更見了面的她再也自持不住，畢竟兩人上次近距離接觸時，刃更還是個剛出世的嬰孩。所以當面見到成長成健壯青年的刃更，使得長谷川壓抑的感情快速膨脹；而刃更對她說出不能和澪、柚希或萬理亞商量的煩惱時，更是讓她的感情一口氣決了堤，甚至氾濫到把刃更請進自家浴室、用胸部盡情疼愛的地步。然而，如狂信般崇愛長谷川的歐尼斯絕不可能忍受這種事發生，所以才一時衝動，襲擊了刃更。這時，歐尼斯目光凶狠地注視著刃更——

「我絕不允許任何人玷污您。不只是人類那種我等的劣化種族——」

並說出隱藏重大祕密的字詞。

「——就連那個禁忌、褻瀆的『三族混血』也一樣。」

一聽見這句話——

「————————」

第3章
共享絕不妥協的意念

長谷川千里的情緒瞬時爆發，解放了自己所有的力量。

眩目的金色氣場化作殺氣奔湧而出，髮絲與眼眸也跟著變為金色和藍色，恢復成過去人稱阿芙蕾亞那當年的姿態。

「注意你的用詞，歐尼斯……那孩子、刃更身上也流著『她』的血，為了捍衛那個人的名譽和榮耀，無論是誰都絕不准污衊刃更的存在。」

「！……就算您這麼說，『她』還是因為這個少年而死的啊？」

受長谷川殺氣所震懾的歐尼斯依然嘗試辯駁，儘管表情因恐懼而扭曲，但再見到長谷川真正的面貌仍讓他感到確切的喜悅。

「對您來說，東城應該是仇人才對吧？可是您卻為了這傢伙拋棄自己的地位，甚至封印力量來到這個世界……還一再地保護他。其實我都知道啊——」

歐尼斯接著說道：

「和他那些小時候的朋友對戰前——您在離開燒肉店之後抱了他，還吻他的額頭給予護祐；所以戰鬥到最後，東城才沒有因吸了野中的迷藥而陷入深眠，來得及解決她的危機。」

然後——

「日前和高階魔族戰鬥前，您在東城扭傷的手指纏上有聖護符作用的繃帶，還吩咐他絕對不能解下吧？所以就算成體化的夢魔和佐基爾對東城造成了那麼重的致命傷，也沒有留下後遺症。」

見到長谷川以沉默表示肯定，歐尼斯問道：

「為什麼？您為什麼這麼執著於這個少年呢……？」

這個問題，讓長谷川千里指尖親觸耳環，回答：

「因為這孩子——是『她』曾經活著的證據。」

長谷川注視著刃更所說的，是絕無法割捨的情感——長谷川千里的真心。

東城刃更，是她當作年紀相差甚遠的姊姊般景仰的特殊女性，不惜犧牲性命也要生下的孩子。

為了保護這孩子，長谷川千里也下了情願為他做任何事的決心。

那是十五年前，她在刃更出世的那一天對自己立下的誓。

「是這樣的嗎——那麼，我也沒別的選擇了。」

歐尼斯如此宣告的同時，一團光輝包圍了浮在空中的刃更。

那光輝與魔法陣相似，但其實相異——和長谷川一樣，散發著神聖的金光。

「只要東城存在，您就得繼續為他犧牲下去——為了解放您，我只好殺了東城。」

歐尼斯說道：

「這是我為了取出無次元轉移的力量所建構的聖法陣。我雖沒料到布倫希爾德的失控，

第3章
共享絕不妥協的意念

但現在東城刃更在您的束縛之下，處理起來沒有問題。以跟隨您、服侍您為生存目的的我，非常熟知您力量的性質，且長久以來一直摸索著能扶持您的方法，所以——不會引起力量的反彈或對斥。」

這些話並不是謊言。金光逐漸穿透長谷川的束縛術，流入刃更體內。

「原來如此……可是，你以為我會坐視不管，眼睜睜看你胡來嗎？」

「東城的無次元移轉，是能將我等的肉體從靈子層級消滅的能力。無論我怎麼做，只要『上面那些人』知道了這件事，這傢伙也沒活路可走。」

歐尼斯接聲「既然那樣」，說：

「倒不如讓我先取出無次元移轉的力量。只要我把這樣的力量帶回去，我就能將您送回那高高在上的位置。這裡，真的不是您應該待的地方。」

來。

「跟我回神界去吧——阿芙蕾亞大人。」

見到歐尼斯伸出手來，長谷川沉默片刻後，以蘊含盛怒的語氣問：

「……你以為我會放任你殺了刃更，再跟你一起回去嗎？」

「要生氣是您的自由。現在跟以前不同，您已經阻止不了我了。除了防護類以外，『上面那些人』幾乎封住了您所有力量；而那就是讓您來到這世界的條件，不是嗎？所以——」

歐尼斯還想繼續說下去——卻被長谷川截去了下文。

她右手簡單一揮，就把歐尼斯創造的聖法陣完全粉碎。

「！———？」

接著，長谷川對錯愕的歐尼斯說道：

「十五年前……當我決心捨棄一切時，我的確受到不少責難，尤其是其他『十神』；可是——還是有少數幾個，願意站在我這一邊。」

而其結果，使長谷川得到了一條「折衷之道」。

「我的力量，確實被封印了大半，但只要遇到某一種情況——為了『某個目的』，我就能使出和過去相同的力量。」

你知道那是什麼嗎？

「——一旦面臨必須保護刃更的時候，我的封印就會暫時解除。」

如此宣告後，長谷川走近歐尼斯。

也許是終於發現自己死到臨頭吧，歐尼斯忽然慌亂起來。

「這、這玩笑開得太大了吧，阿芙蕾亞大人……您不是才剛阻止東城消除我嗎？如果真的要保護東城，只要看著他把我——」

「——我阻止刃更，並不是為了救你。」

長谷川冷笑一聲——然後說出真相。

「如果我不插手，你我設下的結界都有可能被他消除；況且假如刃更在那種情況下殺了你，事情很可能會像你說的一樣，讓那些人發現他的力量。無論如何，我都必須避免那種事的發生。」

「阿芙蕾亞大人也設了結界……？怎麼會？什麼時候的事……」

「也難怪你沒有發覺……畢竟，那是我為了讓其他十神全神貫注也感覺不到而特別編造的結界。」

「騙、騙人的吧……假如您說的都是真的，那麼東城和瀧川跟那些以前的朋友，還有佐基爾戰鬥的時候，您早該用十神的力量保護他了不是嗎！」

「我當然都做好了一有萬一就插手的準備。不過，魔族爭搶成瀨的力量而引起的紛爭，還有野中那些兒時玩伴的感情問題，都是刃更必須自己解決的困難。我只是忍住不出手，以免過於保護他而已。」

可是——你就不同了。

「既然像你這樣的神族也想涉入，就和成瀨和野中無關，是我自己必須根絕的問題，不會推托給任何人。」

長谷川補聲「而且」，又說：

「光是想殺害刃更，我就已經饒不了你了……你還利用了我，用計讓刃更懷疑我。要不是因為你，他也不會用那麼冷酷的眼神看我。你說你該怎麼賠我才好呢……歐尼斯？」

說完，長谷川在右手集聚金光，放出一連好幾重聖法陣。

「我就代替刃更，一點殘渣也不剩地徹底消滅你。」

並將手伸向歐尼斯。

「阿芙蕾亞大人！……我、我是為了您才——」

這脫口而出的話，就這麼成了他的遺言。

因為長谷川釋放的力量已如其預告，將歐尼斯消滅得不留一點痕跡。接著——

「……你最後要說的，該不會是想求我饒你一命吧？」

長谷川千里「哼」了一聲，說：

「如果是想說為了我才打算殺害刃更——簡直和要我殺了你沒兩樣啊。」

11

一擊消滅歐尼斯後——長谷川千里還得做一件事。

「接下來……」

長谷川所面對的，是身纏鎖鏈、浮在空中的刃更。

然後對不只是復原右臂，還干涉刃更的意志、裝甲化甚至擴張到軀體的魔劍說：

「謝謝妳幫我省去再生他右手的時間，但是很遺憾，我不能把他交給妳。至於企圖傷害妳的愚蠢之徒的靈魂，妳就拿去吧——委屈妳了。」

長谷川輕撫布倫希爾德——

「————」

具現化的布倫希爾德，跟著在敲擊鋼鐵般的鳴動聲中融入虛空般消失，刃更覆上裝甲的右臂和軀體也恢復原貌。隨後長谷川解開束縛，刃更便溜下空氣般緩緩落入她的懷裡。

「你沒事真是太好了……刃更。」

長谷川順勢坐到地上，緊緊摟住她心愛的青年。

——其實，我好想把這一切都告訴你。

說出自己的身分、刃更的身世、歐尼斯所說的「三族混血」的意思。

以及——長谷川千里對東城刃更是多麼地關愛。可是——

「真的很對不起——我現在還不能告訴你關於我的一切。」

一口氣後——

第3章
共享絕不妥協的意念

「還有——你有兩個母親的事。」

這件事，長谷川就連對其父親迅也不曾透露，自然不可能先告訴刃更。

……真是的，我這是何苦呢。

親撫刃更臉頰的長谷川不禁苦笑。既然還不能透露自己的身分，長谷川就必須更動刃更的記憶，裝作自己與這件事完全無關。

由於澪和柚希送進保健室保護時，就已經作過相關處理，有必要作細部調整的，只剩下刃更和橘——為安全起見，最好連胡桃的記憶也一併處理，這樣就沒問題了吧。

除此之外，長谷川還有幾件事要善後。首先，是得讓歐尼斯操縱堂上製造龍捲風所干擾的運動會繼續下去。刃更和他的同伴們加入執行委員會，努力了很長一段時間，不能讓歐尼斯對長谷川那種扭曲的愛情，害運動會落得中止的下場。

接著是處理歐尼斯——坂崎的下落。倘若置之不理，刃更那邊也處置得宜，最後就會當失蹤處理吧，可是還有龍捲風的問題在。假如證言不當，使得學校或警方判定龍捲風與坂崎的失蹤有因果關係，弄不好明年以後就不會再舉行運動會了。要避免這種情況，就得修改校長或訓導主任等相關人員的記憶——這點程度的事，對現在的長谷川而言仍是輕而易舉。

再來……

最後，也是最重要的，就是從刃更腦中消除關於他對坂崎隨意施放「無次元的執行」的記憶。儘管他當時意識受到布倫希爾德強占，多半不記得出了什麼事——但深層意識可能仍有記憶。假如哪天碰巧想起，無疑會讓尚未脫離五年前悲劇陰影的刃更更加痛苦。

於是，為了更改刃更的記憶，長谷川與刃更兩額相疊。雖然只以手觸摸也能修改記憶，而她對其他人也會這麼做——不過對於刃更，她就是想用這種方式。在能感到彼此吐息的距離中修改記憶的同時，注視刃更睡臉的長谷川千里忽然一股情緒湧上心頭——

「————」

讓她情不自禁地吻了刃更。這點程度的報償，應該無所謂吧。充分感受唇瓣觸感後，長谷川將舌滑進他嘴裡。

「嗯…………」

而理應是睡眠狀態的刃更居然也有所回應，跟著伸舌對纏，手還摸上了她的胸。

……呵呵，真拿他沒辦法。

長谷川不僅沒有反抗，還還以顏色般更激烈地回吻。吸纏他的舌頭、交換橫流的唾液，發出低級聲響攪弄彼此的黏膜。

這時——刃更的手機掉出褲袋。

「哎呀……」

長谷川停下動作，將手伸向地板——然後停住不動。

第3章
共享絕不妥協的意念

因為她看見因撞擊地板而亮起的螢幕上，顯示的是怎樣的畫面。

手機正在錄音。從畫面上的時間長度來看，錄音應是被歐尼斯的結界圍住後就開始了。那是他防範未然，考慮到自己可能被能操縱意識的襲擊者操縱而預先做好的保險吧。

事後只要聽取錄音，就能明白其中記錄的真相。因此──

「呵……哈哈！哈哈哈哈哈！」

長谷川千里再也忍不住高漲的笑意。她知道刃更和瀧川聯手撂倒了佐基爾──但沒想到自己和歐尼斯也會被他設計。

這年輕人真有一套。儘管東城刃更在戰力上遠不及身為十神的阿芙蕾亞，心思卻細膩多了。長谷川會注意到刃更的手機，幾乎可說是運氣好；若只是修改了記憶就放他回去，也許自己隱藏的一切真的全會被他知道。可是──

「就算你這麼聰明，也沒想到我對你感情這麼深吧。」

長谷川戲謔地笑了笑。刃更的智略是很驚人，但這次是長谷川的感情獲勝，贏在一個吻上。為了繼續那樣的行為，長谷川千里將唇湊近刃更──

「我很期待……能對你說出今天這一切的那一天喔。」

並如此低語後，四唇再次交疊。

霎時間，眩目的金光彷彿祝福其未來般溫柔地包圍了他們倆。

尾聲　夢寐以求的光景

1

東城刃更清醒時，身旁有雙擔憂的眼正盯著他。

「橘……？」

聽他說出名字後，刃更那可愛的朋友便打從心底放心地說：

「太好了……看來你恢復正常了。」

「？什麼意思──」

刃更話說到一半就想起什麼似的猛然坐起。

「胡桃呢？坂崎怎麼樣了！」

「你、你先別急……胡桃她沒事，你看那邊。」

橘的視線從刃更身上橫向轉開，看向倚坐在家政教室牆邊的胡桃。見到仍是昏厥狀態的她身上似乎沒有傷痕，呼吸也相當平穩後，刃更鬆了口氣，接著發現家政教室的空間已經復

原，表示

「結界消失了嗎……所以坂崎他——」

「你該不會都不記得了吧？」

橘說：

「你知道胡桃在老師手上以後，就被他用魔法之類的招式切斷右手，流了好多血，我還以為絕對是致命傷呢——這邊你記得嗎？」

「是啊……到這裡我還記得。可是——」

在意識逐漸模糊時，好像聽見了其他人的聲音——之後就完全沒記憶了。

腦中彷彿起了一片霧，什麼也想不起來。

「後來……東城同學你全身忽然發光，手也馬上就再生了；然後簡直變了個人一樣，一下子就把坂崎老師給——」

「是我……打倒坂崎的……？」

對方是牽連周遭也不痛不癢的人，還抓了胡桃當人質；若讓他溜了，恐怕會朝澪、柚希或萬理亞下手，甚至拿無辜普通人當肉盾。因此和佐基爾一樣，都是必須確實打倒的角色，不過——

「…………」

刃更低頭看看應已切斷的右手，並試著具現出布倫希爾德。

刃更的魔劍具有在戰場蒐獵亡魂的女武神之名，記得死在其手中的每一條亡魂，而布倫希爾德也確實帶有應是坂崎的陌生強力反應——橘說得沒錯。

……所以就是，事情暫且告一段落了吧。

這讓東城刃更總算能真正放下懸著的心。反應這麼強，表示坂崎具有相當實力；且靈質不單純是人類，還摻雜著其他反應，可見有遭到邪精靈還是什麼融合的可能。若真是如此，就能夠解釋潛入這所學校監視澪的柚希和瀧川，為何都沒發現坂崎並非常人。

話雖如此——卻也帶出了一個必須思考的問題。

……我究竟是怎麼贏的？

聽橘那麼說，刃更也依稀有種與坂崎交戰過的感覺，可是——縱使勇者一族的恢復力較普通人高，也不可能再生出殘缺的肢體；高階治癒魔法或許能辦到這點，但別說是刃更，就連精靈魔術師胡桃也還不足以修習這樣的魔法。那麼，接下來最有可能的就是——

「布倫希爾德……」

「？東城同學，你說什麼……」

「……沒事。」刃更搖搖頭回答反問的橘。

——勇者一族所使用的武器，會依其寄宿者之名起名。

尾聲

夢寐以求的光景

而「咲耶」和「白虎」是因為有聖精靈寄宿，故稱作靈刀、靈槍；相對的，像「布倫希爾德」這類封印了邪精靈等魔物的，則以魔劍等稱之。

既然「布倫希爾德」能夠鎮壓在五年前造成「村落」悲劇的S級邪精靈，或許再生人體並不是什麼困難的事。

……應該不會吧。

像柚希那樣「咲耶所挑選的人」，能夠和寄宿於武器中的精靈互通心靈，而鍛鍊得愈是精純，能使出的力量也愈是完整；但是像刃更或高志那樣只是將「布倫希爾德」和「白虎」當武器「使用」的人，應該得不到寄宿者施予那樣的力量。另外，失去意識前腦中響起的聲音也令人頗為在意——

不對……

就坂崎能夠一次操縱多數人的意識而論，刃更看見手臂被切斷，或許是幻覺系魔法造成的假象，腦中響起的聲音也可能是來自坂崎，這樣就全都說得通了，沒什麼可疑的——……

「……你想到什麼了嗎？」

「橘……你還記得我們被坂崎關進結界以後，發生過哪些事嗎？」

「？一開始，我和你打了起來，結果我完全不是你的對手……」

「……後來呢？」

「後來嘛……我們都發現，我們是彼此互相誤會才會敵對——」

橘換口氣說：

「這時候——坂崎老師就趁機偷襲了我們。我一開始就被他打趴，可是你還想跟他打……結果坂崎老師就拿胡桃當人質——之後就像我之前說的一樣了。」

「……………我想也是。」

橘的說明沒有任何不自然或說謊的跡象，也和刃更模糊的記憶吻合，相信橘說的並沒有錯。

只是——這奇怪的感覺是怎麼了。自己似乎忘了某件非常重要的事，然而記憶和狀況都顯示自己親手打倒了坂崎。

究竟是為什麼——自己是被某個人保護了的感覺，會這麼強烈呢？

說不定……

刃更從口袋取出手機，試著觸碰液晶螢幕，但很遺憾，沒有任何反應。

看來這為防萬一所做的保險——還是受到戰鬥的衝擊而故障了。

不過音訊檔可能還在，回家以後再想辦法救回來吧。刃更收起手機，以主從契約的辨位能力確認澪和柚希的安危——結果對方似乎快了一步，能感到她們也傳來使用辨位能力的反應，她們一定也很擔心這邊的情況。這雖令人高興，不過還有件事，非得在她們趕來前處理

尾聲

夢寐以求的光景

好不可。

「橘——可以聽我說句話嗎？」

於是東城刃更喊來了橘。幾十秒後——

「——刃更！」

門「喀啦」一聲快速打開，澪和柚希衝進家政教室裡來。

——刃更請橘做的，是暫時裝睡。

刃更雖想對澪和柚希盡可能地誠實，可是橘希望刃更能替他隱瞞他是吸血鬼的事——希望能以人類身分過平穩生活。身為朋友，刃更自然樂意助他達成心願。在坂崎的結界內，胡桃和橘沒碰過面，只要刃更不說，就能守住橘的祕密。所以刃更對前來詢問狀況的澪和柚希說明自己打倒犯人坂崎，並幫橘編了一套故事——說他也被坂崎關進結界裡來，結果他當場暈倒，對刃更後來做了些什麼毫不知情。

「——那麼，妳們那邊還好吧？」

「我們沒事……」

刃更反過來詢問，柚希也立即回答，而一旁的澪則是過意不去地說：

「只不過……我們剛發現昏倒的堂上學長他們，就被坂崎趁我們不注意的時候打昏，到剛剛才醒過來就是了。」

「…………這樣啊。」

堂上那些人會在澪她們到達之前昏倒，應該是先行處理的胡桃所做的吧。

坂崎沒抓澪和柚希一起當人質是有點奇怪，或許是為了避免刃更事先以辨位能力發覺的風險，才刻意不那麼做的。

這時，校舍外——操場的方向湧來一陣尖叫似的聲響。

「！——又怎麼了！」

「別擔心……運動會繼續進行了，剛才那一定是歡呼聲。」

這話使得倒在地上裝昏的橘身體微微有點反應，但澪和柚希沒有察覺，而刃更則是鬆了一大口氣說：

「妳說繼續進行……也就是運動會沒有中止囉？」

「是啊。雖然有些帳棚和器材被吹壞，幸好沒人因為那個龍捲風受傷，風也完全停了，學校看情況沒有問題就讓運動會繼續下去。現在，班際啦啦隊競賽剛要開始呢。」

『——首先歡迎一年A班進場，請拿出最精采的表現！』

接著響起的播報聲，表示刃更幾個的B班出場時刻已近，所以——

「這樣啊……那妳們兩個先走吧。現在過去應該趕得上我們出場。」

「呃，可是……」

尾聲
夢寐以求的光景

「都打倒坂崎了，要是最後只因為妳們缺席而弄得我們班必須棄權，我可受不了。我們花了那麼多心血準備，到底是為了什麼？」

刃更繼續說道：

「就算障礙賽比到一半就被迫喊停……但是運動會還沒有結束。妳們不也說過『敬請期待』嗎？那就讓我看看妳們努力到今天的成果嘛。把胡桃和橘送走以後，我就會過去找妳們了。」

澪和柚希聽了轉頭對看──然後對刃更笑著點點頭。

──等到澪和柚希離開家政教室，兩人的氣息確實遠離後。

刃更背起胡桃，和橘一起偷偷往操場移動。

橘一臉的欣喜。畢竟他和梶浦是在運動會執行委員會中，擔任核心幹部的學生會成員，知道運動會沒有中止的喜悅一定更勝刃更。

「那麼……我先回大會總部去囉。」

橘在出校舍時這麼說道。刃更他們進入結界的期間，對外界而言就像是失蹤一樣；還是避免一起回到總部，讓人以為兩人是一起摸魚去了來得好。

橘跟著大步邁進，但沒跑幾步又停了下來，轉身說：

「東城同學……」

「……怎麼了？」

橘兩眼一垂，說：

「我好像還沒對你正式道歉……剛剛懷疑你想搞破壞，真的很對不起。」

「…………哪裡，我自己也該更相信你一點才對，對不起。」

「別這麼說……我知道自己這樣很厚臉皮，可是我還是想問你一件事。」

那個——

「我們兩個……還是朋友嗎……？」

橘兩手緊抓運動服下襬，以泛著淚光的眼注視過來。

於是刃更把頭用力一點，並確實說出表示肯定的話。儘管聲音不巧被操場爆出的歡呼給掩蓋，相信那仍傳進了橘的心裡。

而橘雖然頭點得幾乎把眼淚搖出眼眶——但還是開心地笑了。

刃更踏進操場時，A班的表演才剛結束。

……看來是剛好趕上了。

放心地拍拍胸脯後，刃更就背著胡桃前往大會總部的帳棚。

果不其然，梶浦對刃更擅離職守說了幾句。不過，似乎是因為橘事先告知她胡桃的事，梶浦的話裡感覺不到怒氣。另外，先行回來的橘也自願替刃更照顧胡桃，要他到更前面的位置看表演。

「既然你們都約好了，不好好欣賞成瀨同學和野中同學的表演怎麼行呢？」

在笑著這麼說的橘推趕下，刃更一路撥開重重人群，來到了最前排。

找到一個能飽覽整個舞台的位置後——

『好啦——接下來請Ｂ班入場！』

一聽見播報，一年Ｂ班的女同學們跟著神采飛揚地奔上舞台。

——同時觀眾高聲歡呼起來，而那無疑是因為她們的服裝。

Ｂ班女生身上穿的——想不到竟然是賽車女郎裝，而且作工紮實，一點也不馬虎；手上還拿色彩鮮豔的陽傘，看來是舞蹈道具。聽說能弄來這些服裝，是因為相川的姊姊有門路，不過——

「相川的姊姊到底是做什麼的啊……？」

當如此單純的疑問跳出時——音樂流洩而出，Ｂ班的表演開始了。

這音樂並不陌生，記得是幾年前獲頒知名獎項的西洋女歌手的歌曲。也許是為了炒熱氣氛，節奏比原曲快了一些。

尾聲
夢寐以求的光景

刃更很快就看見了澪和柚希，根本不用找。聖坂學園最負盛名的兩位公主，都在最前排領隊的位置上，帶領身後其他女同學們舞動。

「————————」

秋陽下躍動的少女們，一轉眼就讓觀眾的情緒沸騰到極點。

好精采的表演。在陽傘的幫助下，她們的舞蹈比一般更為活潑；而最驚人的，是她們的整齊劃一的動作。

兩支隊伍先是左右對稱，途中開傘交換位置再繼續舞動。過程雖不至於一絲不亂，但統整度如此高的表現，絕不是一朝一夕可以練成。現場體會這表演的魄力，使得觀眾們無不將興奮以外的情緒拋諸腦後，不約而同地隨著曲子拍手踏腳打起拍子，大地都為之鳴動。如此全場融為一體的感覺——

「……哈哈！好棒啊！」

讓東城刃更再也壓抑不了內心的亢奮。

澪和柚希希望展示、刃更期待觀賞的是什麼樣的表演，答案就在這裡。

——相信在放學後，她們都和其他同學練習了很久。儘管澪和柚希、相川和榊還有執行委員的工作，其他女生也有社團活動要忙，但她們仍藏起了長時間辛勞和練習的疲憊，笑容滿面地大舞特舞。

尾聲

夢寐以求的光景

這時——即使刃更周圍都是人，他還是感到了澪和柚希的視線向他射來。

不是錯覺。兩人確實看著他，還不時拋拋媚眼。

……真是的。

她們一定是用了主從契約的辨位能力——刃更不禁苦笑。

不是說好盡量別用，好保護彼此隱私嗎？

算了算了……今天是特別的日子。於是刃更也稍稍舉手回應——

「————」

兩人跟著開心得眉飛色舞，舞蹈的躍動感也變得更為熱烈。

刃更看著澪和柚希的舞蹈之餘，有種感覺油然而生。

……差點忘了，我自己也是為了這一刻而努力的嘛。

在必須掩飾超人體能的情況下，得參加幕後工作才能盡情體會運動會的樂趣。

還要交幾個其他班級的朋友……等，諸如此類的理由再多，最重要的還是這個。

所以自己才會大膽舉手，自願參加完全不懂的執行委員會。

——東城刃更，心裡有個說什麼都想達成的願望。

那是一個為了生為魔王之女的澪、為了生為勇者一族的柚希而許的願望。

很遺憾，如今她們還無法得到應有的日常和平安。

然而——那樣的幸福是如此巨大，令人無法輕易屈就，縮手放棄。因此刃更很希望，讓她們倆盡可能地享受應有的校園生活。

刃更想要的，就只有這麼多。如今的他歸屬模糊——不算勇者一族，也不算普通人；除了並肩奮戰以外，能為她們做的實在很少。

可是這樣的刃更，仍不認為自己所能做的只有戰鬥，並如此堅信。

——而現在，他努力的成果就在眼前。

現在這一刻，澪和柚希確實就在應有的日常中歡欣地舞動。

那不是假象，也不是錯覺。不僅是刃更，所有人都目睹了這一刻。

一致的拍掌，和高騰的興奮與熱流都是證明。

不能，且不願以「青春」一詞單純帶過的光景就在那裡。

在場每一顆心都確實地連在一起，感受這瞬間的永恆。

不過很快地——略為改變的曲調，宣告了最後的高潮。

快樂的時光真的特別短暫。隨後還有其他班級的演出，再來是下午部分的團體競賽；接著從明天起，每個人不同的日常又要重新開始。

所以，會永遠記得這段舞蹈的人肯定不多。

——但東城刃更絕不會忘，永永遠遠記在心裡。無論未來將面臨多麼艱辛的戰鬥，也一定會懷著這段記憶排除萬難。

然後——明年也一定要伴著大家回到這個地方。

2

經過下午熱鬧的團體競賽後，運動會順利落幕。

途中發生了太多事，讓身心累積的疲勞都瀕臨了極限。

但是今天——在賽中等各種不經意的時刻，一再見到學生、教師及觀眾們的歡呼與笑容，仍使東城刃更為自己能參與執行委員會感到十分驕傲。

度過籌備期間的各種問題，和正式途中龍捲風襲擊操場的中止危機，這場屬於自己的運動會終於走到了最後一步。看見閉幕典禮安然開始，副會長梶浦和學生會的橘幾個都喜極而泣；這樣的情景也感染了澪和榊等多數一般執行委員會成員，流下成就感和感動的淚水。

——另一方面，坂崎的失蹤在教師間引起了一點風波；但由於有人在龍捲風消失後看見他，所以沒歸為意外，純以失蹤處理，相信以後再也不會聽見他的消息。

唯一——讓刃更真正驚訝的，是後來得知的橘的身世。因為吸血鬼在日本極為稀少，刃更趁兩人獨處時找個自然的時機一問，才知道橘的母親是相關圈內令人聞之色變的「紅蓮真祖」斯卡蕾特．布拉德，與「漆黑真祖」並稱為史上最強的兩大吸血鬼。不慣於戰鬥的橘也能擁有那麼強悍的力量，應是來自母親的血統。

閉幕典禮結束、一般學生開始回家後，刃更等執行委員和教師們仍留在操場收拾各類器材，到天都黑了才全部結束。

由於執行委員會的慶功宴是定在之後，大夥這天就這麼解散，回家休息去了。

幾經波折的運動會終於平安結束，也打倒了一直躲在暗處的襲擊者，事情總算是告一段落——原以為會是如此。

「…………怎麼會變成這樣啊。」

但東城刃更還是不禁嘆息。他所在的東城家浴室中，已被嬌喘所填滿。

刃更眼前——排水性佳的地板上鋪了張巨大的充氣塑膠墊，澪、柚希和胡桃三人在墊上躺成一排。澪和柚希穿的是運動會啦啦隊比賽所穿的賽車女郎裝，胡桃則是把她們之前用的馬甲和狗耳狗尾都穿在身上。

若說共通之處，就是三人都臉紅眼濕，嘴裡吐出的氣又熱又甜。

澪和柚希的脖子上，清楚浮現著主從契約詛咒的項圈狀斑紋。

三人現在——正陷入劇烈的催淫狀態。而浴缸裡——

尾　聲

夢寐以求的光景

「——來吧，刃更哥。快樂的調教時間開始了，把你的招式都使出來吧！」

這狀況的元凶——只纏浴巾的萬理亞，潛望鏡似的伸出拿著攝影機的手這麼說。

——事情的起點，要追溯到刃更幾個返家那時。即使刃更事先電話通知過打倒了襲擊者坂崎，出來迎門的萬理亞還是高興得快翻過去了。

畢竟她一直獨自在家守候。刃更為使她擔心而道歉，她也只是溫柔地笑著說聲「沒關係」，將準備好的晚餐送到大家面前。

可是飯後——當大家圍在客廳，觀賞胡桃拍攝的運動會影片時，悲劇發生了。澪和柚希那段感動全場的啦啦隊比賽舞蹈，竟然完全沒錄到。但這也怪不得她，即使打倒了坂崎，當時胡桃仍是昏睡狀態。問題是，澪和柚希她們的表演無疑是今天運動會氣氛最為火熱的一刻，她們的舞蹈和服裝當然也成了今晚飯桌上最熱烈的話題。

就結論而言——萬理亞氣瘋了，還是很嚇人的那種，真的一把鼻涕一把眼淚地泣訴她是多麼期待澪和柚希穿賽車女郎裝跳舞的影片。

這讓澪和柚希非常過意不去，一起穿上賽車女郎裝在客廳重新跳了一遍；然而只有音樂如舊，在家裡不好甩動陽傘，更不可能重現當時的感動。於是根本無法滿足於這段舞蹈的萬理亞自己提出補償方法，要胡桃接受和上次一樣的夢魔洗禮，理由是她們倆之間的約定也算是一種契約——違約的人必須接受懲罰。

儘管有點無理取鬧的味道，但是被萬理亞以「清高的勇者一族竟然會失約……」一激，守規矩又好強的胡桃馬上就一口答應，完整接受了夢魔的洗禮。在刃更開始動手幫胡桃解脫後，澪和柚希也彷彿中了萬理亞的算計，嫉妒得引發了主從契約的詛咒──於是，事情演變成刃更一次得屈服她們三個的局面。不過當刃更要為她們脫衣時，萬理亞卻提議說這次機會難得，乾脆穿著衣服來，而且──

「──平常都是在客廳弄，這次為什麼要換到浴室啊？」

「有什麼關係嘛。我想試試看我剛網購來的充氣浴墊，而且比起客廳，在浴室穿著衣服來比較有罪惡感，感覺會更刺激喔。那麼刃更哥，請用這個。」

「……這是什麼？」

刃更接過萬理亞遞來的，一個裝了粉紅色液體的罐子後問道。

「少來了，刃更哥，這當然是情趣潤滑液啊～都特地鋪上墊子了，少了這個就不像樣囉。」

「妳又是想弄成什麼樣啊。再說，穿著衣服弄潤滑液，不就……」

「放心啦。不只是內衣褲，我當然也會把澪大人她們的衣服洗乾淨以後燙得整整齊齊；所以現在先別管那些，儘管給他玩個夠本吧！」

萬理亞的鼻息愈說愈粗。

尾聲

夢寐以求的光景

「來來來，刃更哥。我們要從誰開始好呢？這種時候果然就是要挑胡桃嗎？」

「這個嘛……」

刃更雖支吾其詞，但仔細想想，胡桃的確該排第一個。

一旦見到刃更打算先屈服未締結主從契約的胡桃，澪和柚希一定會嫉妒得引發催淫詛咒；這時先屈服她們再屈服胡桃，或許又會挑起嫉妒而使她們陷入催淫狀態。

所以，刃更的視線轉向了胡桃。就在這時——

「！……等、等一下。」

忽然有人制止了他。那並不是因為自己排第一號而緊張的胡桃，也不是時常對刃更積極表示的柚希。

是澪。

主從契約的催淫詛咒，讓澪的全身彷彿都受到甜美熱流的侵犯。

……討厭，我怎麼……！

看見刃更目光射來，澪才發現自己急得出了聲。

——平時的澪，無疑會選擇排在柚希和胡桃之後。

那並不是單純想等到最後。羞於承認自己愛上肉體快感的澪，仍想盡可能地為自己找個藉口開脫——推諉自己是為了不想輸給柚希和胡桃，才不得已接受刃更的愛撫。

因此，就算要等到最後也甘願忍耐。

可是……

只有這次，她實在忍不住。她怎麼忍得下去呢？刃更在車站遇襲、胡桃來到這個家那天——為了對刃更表示高度屈服，澪扮成淫蕩小母狗舔舐他的腳，卻被胡桃撞見，羞得澪當場逃走。

結果在她躲進自己房間時，胡桃和柚希卻丟下她，屈服在刃更的手下。其實那沒什麼大不了，澪也曾在學校的淋浴間獨占過刃更。不過相同道理，刃更也很可能在澪所不知的時候使柚希屈服過。

她們誰都沒有錯，畢竟柚希也和刃更結了主從契約。

但由於兩人同事一主，就算澪知道柚希獨占了刃更而嫉妒，也不會引發主從契約的詛咒——到最後，只會徒留嫉妒。

這讓澪心想，假如這次再等到最後，先看柚希和胡桃被刃更揉弄的模樣——自己一定會憋出問題。所以——

「拜託啦，哥哥，讓我先嘛……這次換人家先了啦。」

尾　聲
夢寐以求的光景

成瀨澪顧不得顏面，主動如此懇求刃更。管他有沒有藉口，這次自己就是想第一個被刃更玩弄。這反應讓萬理亞意外地說：

「真是難得，想不到澪大人會主動做這種要求。不過澪大人……就算先退了火，等看到胡桃上的時候又要難受囉？」

「！……這個、我……！」

澪說不出自己的嫉妒，只能以含著眼淚的表情表示。不過——

「……我知道了，就從澪開始吧。」

刃更輕聲這麼說，萬理亞也嚇了一跳。

「我是不會阻止你啦……可是這樣就得來兩次喔？」

「兩次就兩次。只要澪高興，幾次都可以，這都是因為主從契約的詛咒嘛……做這種事，是為了加深信賴關係，如果變成需要考慮效率的一貫作業，一切就毀了。」

於是——

「柚希、胡桃，妳們先等一下……等澪結束以後，該給妳們的也不會少。」

「！……嗯……知道了。」

「……………！」

聽了刃更的話，柚希頭用力一點，胡桃則是害羞得撇開眼睛。

就在這一刻——第一個屈服在刃更手下的，已決定是澪了。接著，躺在墊子上的澪被刃更從腰摟起。

「嗯！……啊……」

澪晃盪雙乳起身，看著刃更旋開潤滑液瓶蓋，並以面對面的姿勢，將黏稠的液體直接倒在她身上。

「嗯！……呀……呼、啊……嗯！……嗯嗚……！」

潤滑液沿著頸側溜下，在鎖骨邊的凹陷積成一個煽情的小池，再從胸口一點一點地滴進乳間——僅是如此順重力自然流下，就讓澪確實有種被潤滑液愛撫的感覺。

賽車女郎裝也濕得略為透明，胸部尖端透出微微的粉紅色。

不久，澪的敏感胸部從左到右、從上到下都沾得濕濕滑滑，並在其分量的強調下，展現出前所未見的致命吸引力。

……天啊……

之前，刃更也曾配合楓糖，將澪的胸部揉得一塌糊塗。當時的她狂亂得自己也不敢相信，而日後在刃更給予的快感之下一次又一次地屈服，想必身體已經比那時候開發得更為敏感，現在當然有相應的心理準備。

然而，澪很快就知道自己想得還不夠遠。改變的不只是她——比起那時候，刃更也學到

尾聲
夢寐以求的光景

了更多刺激澪的方法。於是——

「開始囉……」

刃更一這麼說，就隔著衣服揉起澪的胸。

……咦？

剎那間——白色覆蓋了澪的視界，再也聽不見任何聲音。儘管過去也常常高潮得眼前和腦中一片空白——

……這、是什麼……？

但這次視聽覺癱瘓的持續時間特別久，只能感到一股不尋常的漂浮感。

回不來的感覺，使不安逐漸化為恐懼，讓澪忍不住呼喊刃更。

「！——」

可是她出不了聲。不，也許是因為耳朵聽不見所造成的錯覺。

不久——她終於聽見有種微弱的聲音彷彿從遙遠之處傳來，並愈來愈近。那是——

……海浪聲……？

那沙沙嘩嘩的聲響忽然急速增大，成為洶湧波濤向澪湧來；澪也本能性地察覺有種巨大的東西逼近，然後明白是怎麼回事。

……騙人，這該不會是……？

不會錯。澪現在聽見的，是爆炸性的高潮竄過快感神經所造成的聲響。

糟了——這麼想時已經太遲，感覺很快就追上加速的意識——

「～～～～～～～～～～～～～～～！」

白炙的快感奔流吞噬了成瀨澪的一切，使她起了劇烈的高潮反應。

——之前楓糖愛撫時，她也一度失去意識，而如今的澪經過刃更一次次的性感開發，已經耐得住這樣猛烈的快感。

「啊！……呀、嗯……哈啊！……啊！嗯呼……！」

澪整個人癱在面前刃更身上似的倚著他，嘴裡不停嬌喘。如此的快感，已十二分地足以使她屈服；可是仍抱在刃更胸口、沉浸在驚人高潮餘韻中的澪，卻發現柚希和胡桃都盯著她的臉看——

「嗯！……不要、啊啊……嗯！不要、看……！」

於是害羞地甩起頭來，並把臉埋進刃更胸口，不讓她們看見。

「呵呵……怎麼辦呀，刃更哥？澪大人被人看見她這個樣子，好像覺得很丟人耶？」

聽了萬理亞含著笑意這麼說，刃更沒說話，直接抱起澪的腰改變姿勢。

舒服得全身使不上力的澪，就這麼從面對轉為背對。

「呀啊！哥哥……為什麼、要這樣……啊！」

尾聲

夢寐以求的光景

如此彷彿要秀給柚希和胡桃看的姿勢，讓澪羞得回過頭來。

「——抱歉。因為我想，這是最能讓妳屈服的做法。」

刃更一說完就把手抓上賽車女郎裝胸口，似乎想強行扯開。

「等……那是借來的，不可以啦……弄破怎麼辦……」

「到時候我再賠相川……現在屈服妳比較重要。」

刃更跟著粗暴地扯開澪的上衣，暴露出她碩大的胸部。

「……啊、啊啊……」

被潤滑液裹得滑滑亮亮的胸部真是煽情得難以置信。尖端已脹得不能再脹，光是看它們接觸空氣就快令人失去理智。

不只是澪，柚希、胡桃和萬理亞也都清楚看見了。這時候，刃更將手輕輕扶上澪那對極限敏感的胸部——下個瞬間，使澪屈服的時間正式開始。

刃更的手跟著揉起澪的胸部，發出猥褻的聲響。

「！……啊啊、嗯！——呼啊啊啊……咿嗚、哈啊……呼啊啊啊啊啊！」

快感讓坐在刃更腿上的澪，全身不由自主地跳動。刃更每一個動作，都在澪裹滿潤滑液的胸上擠出黏黏的低級聲響，連聽覺也給予快感的刺激。不僅如此——

「呀，這是怎樣……哈啊，舒服成這樣……好可怕喔……啊啊啊！」

「當然舒服啦，澪大人……區區楓糖怎麼能跟我們夢魔做來助興的情趣潤滑液比呢？不過啊，您儘管放心。」

萬理亞對刃更腿上忘我地扭動的澪呵呵笑著說：

「這東西有春藥效果，再配合催淫詛咒的作用，您很快就沒辦法想那麼多了。」

「妳、怎麼——啊啊啊啊啊！」

才一開口，強烈的高潮就讓澪全身反仰，不停打顫。

「！…………」「天、啊……」

目睹這一刻的柚希和胡桃都吞了吞口水——澪的模樣就是如此驚人。

接著，刃更放開了澪的胸部，腰桿完全發軟的澪就此從刃更腿上向前倒下，趴在墊子上；然後感到褲裙的鉤釦被解開，拉鍊嘰嘰嘰地拉下。知道發生什麼事後——

「不要……不可以啦……」

澪慌得不停扭腰企圖躲開，但是那抗拒的舉動在旁人眼裡，卻只是淫蕩地甩動臀部——刃更的手立刻一把抓上去，將她的褲裙用力扯下。

女性的氣味頓時充斥整間浴室。澪的內褲已被潤滑液沾得透明——而其胯間部位，更是被澪自己分泌的潤滑液沾得濕濕熱熱，冒出猥褻的蒸汽。

「啊、啊啊！……啊啊啊啊！」

尾聲

夢寐以求的光景

事實已擺在所有人眼前，說什麼也賴不掉了。刃更從背後貼上羞得滿臉通紅的澪，在她耳邊竊語道：

「——沒關係，這都是詛咒的錯。」

刃更的語氣溫柔得難以想像……讓成瀨澪立刻聽從了他，捨棄最後的矜持，承認難以抗拒快感的自己。於是澪又被刃更抱回原來面對面的姿勢，即使柚希和胡桃都在看，萬理亞手上攝影機鏡頭也對著她，她也不再抗拒刃更任何行為——坦率地、毫不遮掩地公開自己的一切。

潤滑液使得澪的全身每個角落都變得異常敏感，就連各種自己無法相信的位置都能使她高潮，接連開發出新的性感帶。

接著——在如此狀況下，刃更又開始集中攻擊敏感部位。現在，刃更將澪的右胸吸在嘴裡，兩隻手瘋狂揉弄左胸和臀部。被刃更吸得發出低級聲響的胸部，舒服得教人理性幾乎崩潰，讓澪披散濕髮持續嬌喘；腰部的淫褻扭動，是由於揉她臀部的那隻手從後鑽進內褲，五隻指頭都掐進肉裡所致。這讓澪愉悅得搖晃被刃更捏成可恥形狀的臀部——

「呀……啊啊、嗯……呼啊啊……咿嗚！……呀啊……嗯啊、哈啊啊啊啊！」

喘息和扭腰一刻也停不住。這時，刃更放開了澪的右胸。

「……………澪。」

並改為從下托起，將那鼓脹的尖端推到澪嘴邊。

這讓旁觀的人都抽了口氣，澪也馬上明白刃更的意圖——

「不、不行……這樣子太……哥哥，不要啦……」

不禁挪動顫抖的唇，吐出表示拒絕的話語。刃更這個動作，是要澪吸自己的胸部，所以漲紅了臉的澪搖起了頭。

……！……絕對、不行……不、行……要是……做了、這種事……啊……！

儘管澪如此告訴自己，但一見到刃更不知何時又露出與佐基爾戰後逼她就範時的眼神——她的唇就背叛自己的意願，服從了刃更。剛吐出拒絕話語的嘴，慢慢依刃更的要求接近自己的胸部尖端，要透過裹上一層潤滑液、沾滿刃更唾液的胸部尖端，與刃更來一次令人幾乎神智錯亂的鹹濕間接接吻。那巨大的罪惡感——

「————————！」

造成前所未有的禁忌快感——使成瀨澪極為猛烈地的高潮了。

——爾後，東城刃更放下澪，讓她恢復原來的仰躺姿勢。

被刃更帶入肉體快感新境界的澪——

「嗯……啊啊……哈啊、哥、哥……呀……啊……嗯嗚……」

在遲不退去的強烈高潮感中，澪橫倒的雙乳煽情地抖動，嘴裡流出沉醉於愉悅殘滓般的呻吟。這樣的畫面使刃更一再地深呼吸，冷靜自己瀕臨失控的情緒。這時——

「！…………」「……嗯、啊……」

見到整個過程的柚希和胡桃又吞了吞口水，多半是想像了自己在不久後也會遭遇澪所體驗的事、迎接類似高潮後的樣子吧。

錄下澪痴態的萬理亞，跟著將鏡頭轉向柚希和胡桃，說：

「——來吧，接下來輪到妳們兩位了。刃更哥……柚希姊和胡桃看到澪大人的樣子都已經準備妥當了，請你用力屈服她們吧！」

「…………知道了。」

她們保持催淫狀態等了那麼久，一定很想快點解脫吧。當刃更轉向在墊子上相互依附敏感身體的野中姊妹時——

「——對了，先等一下下。刃更哥出手稍微猛了點，在澪大人身上就用掉了一大半潤滑液……剩下的恐怕不太夠柚希姊和胡桃用。如果她們用的比澪大人少，應該會覺得刃更哥偏心，導致不容易屈服吧。」

「會有這種事嗎……？」

尾　聲

夢寐以求的光景

儘管認為「潤滑液用量＝感情深度」這種糟糕的等式並不存在，但是——

「刃更哥怎麼可以這麼不了解少女情懷呢。柚希姊和澪大人一樣，都是刃更哥名正言順的奴隸——而胡桃又是她的妹妹喔？要是不公平對待、做得徹底一點，可是會讓女生吃醋的；而且讓她們等那麼久，反而要用更激烈一點的手段才說得過去。」

「更激烈一點……是要怎麼做才夠激烈啊？」

萬理亞一臉「問得好」似的，對找不到頭緒的刃更點點頭說：

「請交給我來辦吧，刃更哥。我有個非常可靠的使魔，專門應付這種傷腦筋的時候——來，到我身邊來吧，史萊吉！」

萬理亞放下攝影機這麼說之後，天花板上張開一個召喚魔法陣，照亮浴室。

隨後從魔法陣出現的，是中央有一顆眼珠的籃球大球體。

萬理亞兩手接住從天花板落下的球體，並說：

「來吧史萊吉……拿出渾身解數，把那兩個人好好蹂躪蹂躪吧！」

萬理亞摸了摸疑似頭頂的部位並這麼說後，稱作史萊吉的球形怪獸似乎高興得瞇彎眼睛，從其球形身體的左右和下方一口氣流出大量粉紅色黏液。

「…………！」「討厭……那是什麼啊！」

意想不到的事態和景象，讓柚希和胡桃都錯愕地縮起身體。刃更也看不太下去，說：

「我說萬理亞啊……史萊姆玩法的等級未免也太高了點吧？」

「這是什麼話啊，刃更哥？性靈高尚的勇者被低級怪獸凌辱——這樣的罪惡感不是很棒嗎？」

「管他什麼罪惡感……我又不想看到柚希和胡桃被史萊姆凌辱。」

「原來如此——你的意思是『能凌辱她們的只有本大爺我』嗎？」

「…………拜託喔。」

這麼讓人火大的說法是怎樣，想模仿誰嗎？這時萬理亞跟著微笑著說：

「敬請放心啦，刃更哥。史萊吉是我這個夢魔的使魔，除了幫人催情以外沒有其他能力。而且——別看這孩子長這樣，其實人家是女生喔。嗯哼！」

「她是女的啊……」

誰看得出來啊，再說史萊姆這種黏怪根本沒有公母之分吧。

「雖然看起來是有點嚇人，可是剛剛刃更哥給澪大人用的情趣潤滑液，就是用史萊吉的膠質部位做成的喔？反正最後結果都一樣，現在潤滑液玩法還是史萊姆玩法都沒什麼差別啦。」

「先等一下，這種事妳怎麼能說得這麼——」

刃更停下了說到一半的話，因為不知不覺間，史萊吉的膠狀部分已經膨脹到非常誇張的地步。萬理亞見狀捧起臉頰說：

「哎呀呀史萊吉妳真是的，是不是我太久沒叫妳出來啦，竟然高興成這樣。吸了浴缸的水就變得這麼大……我看就連乾燥海帶芽都會嚇一大跳吧？」

「妳白痴啊啊啊啊啊啊！妳看現在要怎麼辦，都要從浴缸滿出來了啦！」

刃更一面後退一面罵，萬理亞卻是輕吐小舌，回答：

「既然變成這樣就沒辦法了——放棄抵抗，大家一起讓史萊吉快快樂樂地凌辱吧？」

話一說完，史萊吉的身體就一口氣膨脹成好幾倍。眼見她就要攻來，刃更跟著擺出防禦架勢——但史萊吉的膠狀部分忽然在一聲尖銳的「鏗！」中凍結，並就此炸個粉碎。

「史、史萊吉咿咿咿咿咿咿咿咿咿咿咿咿咿——————！」

見到史萊姆化成鑽石冰塵漫天飛散，萬理亞的慘叫聲響徹整間浴室。

「嗚嗚嗚，好、好慘啊……這也死得太慘了吧！到底是誰下手這麼狠毒！」

當她為使魔的悲慘下場氣得渾身顫抖時——

「——瑪莉亞，受到自省處分的妳，不是應該更安分一點才對嗎？」

浴室忽然響起冰冷的聲音，牆上跟著張開跨越空間所用的魔法陣，一名女子從中緩步而出。她身穿侍女服，相貌非常美麗。

見到如此容貌身材都極為出眾的美女突然現身，刃更不禁倒抽一口氣。

……奇怪，她怎麼……

這張臉，似乎在哪裡見過。而答案很快就由臉色一陣青一陣白的萬理亞說出了口。

「露、露綺亞姊姊大人……！」

「姊姊大人……？」

刃更不禁這麼問，美麗侍女彷彿能凍結所有事物的目光隨之掃視過來。

接著，那冰冷的聲音又在浴室響起。

「我是來傳達我們穩健派的意思的——懇請在場各位賞光，來魔界一趟。」

後記

已經讀完本書的讀者，以及從這裡翻起的讀者大家好，感謝各位閱讀本書，我是上栖綴人。

這集嘛，可以說是長谷川的主場呢。我在這集想寫的，主要就是刃更一旦受到年紀較大的女性疼愛起來，會發生怎麼樣的事。另外有件事要向各位宣布──這次責編看完初稿後，終於沒說「不夠Ａ」了！啊啊，好感動……看來是我費煞苦心寫出來的長谷川入浴那一段救了我一條命。

至於戰鬥方面，則是將長谷川描繪成一個，擁有相應於其真實身分的壓倒性強力角色。在第三集打倒潔絲特的澪和柚希搭檔會完全無法招架，就是和長谷川實力差距過大的結果吧。話說這集觸及了刃更的發展性，也稍微揭露刃更母親的祕密；故事追溯到魔族、神族和人類的關係及歷史，也促成了橘這樣的吸血鬼登場；回收了不少伏筆，也加寬了故事背景。希望下一集以後，能夠順利在讓刃更幾個覺醒的同時，逐步地解釋過去的種種。

接下來，みやこかしわ老師在《少年Ace》繪製的本傳漫畫版第一集已經先本集一步上

市，品質非常地讚喔，希望各位都能買一本回家！賣肉和戰鬥都不容錯過！

再來，我要告訴各位一則好消息，是關於九月才解禁的「新妹魔王雙漫畫版企畫」喔！除了《少年Ace》的本傳漫畫版之外，白泉社下的《Young Animal嵐》也準備要刊載外傳漫畫！若不是各位讀者和相關人士大力聲援和促成，絕不會有今天這個成績，真的非常感謝各位！

現在，我在此向本作所有相關人員表達我的謝意。負責插畫的Nitroplus的大熊老師，感謝你這次又畫了那麼多超棒的作品！歐尼斯設計得超帥的！感謝みやこ老師每月的漫畫版連載，身為漫畫版的支持者之一，我每個月都很期待看到分鏡初稿和雜誌成品喔！還有責編等各界關係人士，以及購買本書的讀者，這次也非常感謝各位的照顧。

那麼，我們就在第五集再會吧。第五集舞台終於搬到魔界，很多齒輪會開始轉動。這次胡桃再度露臉——所以下一集當然就輪到「她」囉。

上栖綴人

新妹魔王漫畫版第一集

也請各位多多指教！

・漫畫版作者・みやこかしわ

新妹魔王
賀④上市
感謝各位購買《新妹魔王》第四集，
我是今天也不停奮勇挑戰底線的大熊。
呀哈～！（39°Cnow）
一路畫到了第四集，不習慣畫肉圖的大
熊也開始聽到靈魂的低語，說著：「再
來！再Ａ一點！Yes！Oh！Yes！！！」
呢。（39°Cnow！）
誠心希望《新妹魔王》第五集也能呼應
各位要求，不離其宗地保持對世界的挑
戰態度。（39°Cnow！）
好想讓
長谷川老師
幫我看護喔…

©BOKUTO UNO 2012

Kadokawa Light Novels

發條精靈戰記 天鏡的極北之星 1 待續

作者：宇野朴人　插畫：さんば挿

榮獲2014「這本輕小說真厲害！」第2名
劇情波瀾萬丈的壯大奇幻戰記即將揭幕！

這是個精靈與人類結為夥伴共生的世界。故事背景卡托瓦納帝國，則是與鄰國處於戰爭狀態的大國。少年伊庫塔在外人眼中，一向是個厭惡戰爭、懶惰散漫、愛好女色的人。沒想到這樣的他，日後竟搖身一變，成為帝國史上首屈一指的名將！

NT$200/HK$60

台灣角川

馬卡龍女孩的地球千年之旅

作者：からて　插畫：わんにゃんぷー

其實，我有些話一直很想對你說……
日本網友感動不已的療癒系作品！

形影不離的好友某天竟摔進時空隧道的另一端，跑到一千年後去了，為了追尋好友，超愛吃馬卡龍的天真少女參加科學人體實驗獲得了不死之身，開始了千年之旅。其間地球經歷了種種可怕的問題……馬卡龍女孩最後能否得到屬於她的幸福呢？

NT$180/HK$55

國家圖書館出版品預行編目(CIP)資料

新妹魔王的契約者 / 上栖綴人作 ; 莊湘萍, 吳松諺譯. -- 初版. -- 臺北市 : 臺灣角川, 2014.02-
冊 ; 公分
譯自 : 新妹魔王の契約者
ISBN 978-986-325-793-6(第2冊 : 平裝). --
ISBN 978-986-325-891-9(第3冊 : 平裝). --
ISBN 978-986-366-049-1(第4冊 : 平裝)

861.57　　102026372

新妹魔王的契約者 4

（原著名：新妹魔王の契約者 Ⅳ）

2014年8月7日　初版第1刷發行
2023年6月19日　初版第4刷發行

作　者：上栖綴人
插　畫：大熊猫介
譯　者：吳松諺

發 行 人：岩崎剛人
總 編 輯：蔡佩芬
編　　輯：黎夢萍
美術設計：黃永漢
印　　務：李明修（主任）、張加恩（主任）、張凱棋

發 行 所：台灣角川股份有限公司
地　　址：104台北市中山區松江路223號3樓
電　　話：（02）2515-3000
傳　　真：（02）2515-0033
網　　址：www.kadokawa.com.tw
劃撥帳戶：台灣角川股份有限公司
劃撥帳號：19487412
法律顧問：有澤法律事務所
製　　版：巨茂科技印刷有限公司
ISBN：978-986-366-049-1
